小さなウサギ

駱英

松浦恆雄訳

思潮社

小さなウサギ

駱英詩集

松浦恆雄訳

思潮社

装幀＝思潮社装幀室

目次

駱英詩集

小さなウサギ

死者に

二〇〇六年六月五日　ロサンゼルス・ルイズホテル三〇一号室

夜更け、殊に明け方に感じる静寂は、死への衝動や恐れを不意に思い起こさせる。

言葉としての死の意味は、古めかしく神秘性を帯び、思わずこう尋ねてみたくなる。死とは、人類或いは宇宙にとって、最も敬意を払うべき言葉なのか、と。

一つの生命を殺すのは、しばしば一「刹那」に過ぎない瞬時の、偶発的なことである。しかし、古びた墓の骨となったり、散骨の過程が必要な死もある。

ゆえに死は、敬意を受けねばならない。それで始めて死者とともに死を消滅させることができるのだ。

生命は、車輪によって消滅させられる。言葉によって消滅させられる。銃弾によって消滅させられる。強権によって消滅させられる。ある因子によって消滅させられる。旱魃によって消滅させられる。国家によって消滅させられる。もちろん、一枚の金貨によっても消滅させられる。

死なない者は、みな傍観者であり、未来に潜む死の予行演習ばかりしているのだ。ちょうど樹木のように、互いに死ぬのを眺め合い、そして、一斉に死ぬ。言い交わした約束をきちんと守る集団無意識の死のように。

死者の最大の財産は、死亡時刻とその一瞬の苦楽を知り得ないことだろう。ちょうど一九八二年産の「シャトーラフィット[*1]」のように、鑑賞の満足感が、味わう願望にまさるのである。

イングランドの酒場で朝方まで酔っ払うのは、死者に対する最も卑劣な侮辱である。少なくとも酒を飲む前に、死者に向かって脱帽一礼せねばならない。

きらびやかな服装で通りを歩くとき、死者のため視線を避け道を譲るのを忘れてはならない。死亡という語の構造が、もう脱構築される気遣いのないように。

愛欲を尽くしたあとは、しばし気をつけの姿勢を取り、死の記憶或いはその痛みを心に反芻し、私たちは決して不義密通の犯人ではないと、死者に知らせておいたほうが良い。

謀殺された言葉を、私たちはどうしてよいのか分からないまま使用している。しかも謀殺する過程に参与し続け、言葉の謀殺によって、極めて合法的に他人の謀殺を企んでさえいる。

子犬と鳩の死が、私たちの驚きと憐みを引き起こし始めた。しかし、それは傍観後の私たちの正常ならざる感情なのだ。

大掛かりな死が決められた通りに始まったなら、私たちは真っ先にあらゆる言葉を撲殺し、あたうるかぎりデュレックス製の避妊具を貯蔵すべきである。色とりどりに仮構された言葉に対しては、情け容赦なく民族浄化を執行すべきである。そんな言葉は、実に悪辣に、死者の長幼の序を無視するから。それ以上に深刻なのは、それゆえ謀殺者にとっての麻酔薬ともなるから。死者の音容を避けるのは、代々受け継がれるべき恥辱である。そのため死者の最後の行方や足取りが、見極められなくなるからだ。それこそが謀殺者の真の狙いなのだ。

ひとりの死者によりもうひとりの死者を葬り去るのも許されることではない。ひとつの言葉によりもうひとつの言葉を隠蔽してしまうような、天をも恐れぬ暴挙である。

死者は、タクラマカン砂漠に生える、枯れても枯れてもひるまないコヨウ[*2]である。或いは死後に地図上の線となる、干上がった河である。

しかし、泥まみれの年老いて死ぬ蛙で結構ではないか。別に他人の不幸を喜んで呪文をとなえ、末期の歌をうたっているわけではないのだから。

建築物は、死者を収める箱である。或いは死者によって設計、建造され、死や死者に供される共有の仕事台である。

考えてみよう。死を設計し建造するのが、いかに神聖で気高いかを。

ある人は単なる死者に過ぎないが、ある人は死者の死者である。ある人は死者の死者の死者である。

最も優れた死者は、気の狂う間もなく死んだ死者である。或いは逆に、死んでからも気の狂い続けている死者である。

当然ながら、死者に貪欲な死者も含まれる。

死者の傍観者としての死者は、死の語順に一太刀浴びせ息の根を止めたあと、「天国」と「地獄」のどちらかに分類し、死に注釈をつけ続けるだろう。

最大の恐怖は、傍観者が突然死に関するあらゆるプラス価値の語を抹消してしまうことである。それは、死者の魂を救いようのないものに変えるだろう。そのため死は、人に敬われるべき尊厳と輝きを失うだろう。

傍観者は、なんと卑劣で恥知らずなんだ。

朝まだき、まだ開かれていないカーテンの隙間から、ある種の寛容さを装い、陽の光が、傍観者或いは謀殺者の身分で私のベッドを訪れる。そして始まる。

その神聖なる謀殺――

或いは死が。

訳注

＊1　ボルドーのシャトーワインを代表する銘柄。一九八二年は特に葡萄の出来映えが良く、高値を呼んでいる。

＊2　植物名。学名 Populus euphratica Oliv. 砂漠地帯に生える生命力の強いポプラの一種。一般には、中国名の「胡楊」を音読みした「コヨウ」を日本名として用いることが多い。コトカケヤナギとも言う。

二本の樹

二〇〇六年六月六日　三時十六分　ロサンゼルス・ルイズホテル

二本の樹の絡みあった根っこは、深く愛しあう恋人同士、或いは同性愛の恋人同士の、片時も止むことのない性行為のようではないか。

葉はざわつきながら互いに叩きあい落としあう。生き残った葉だけが、いっぱいの陽光を浴びるのだ。

カラスは、葉の苦しみを見抜いているはずだ。葉は、森という巨大な無形の圧力を感じ、孤立無援のまま苦しんでいる。もちろん、葉が十分に大きく強くないため、遠くへ逃れられないわけではない。

ならば、苦しむがいい。お互いがお互いに頼りあうようにして、もっとしっかり根っこを絡めあわせればよいのである。

お互いに頼りあう根っこをさらに幾組も絡めあわせよう。そうすれば、地上と地下に二つの森ができあがる。

反抗には、全く意味がない。ちょうど塀に小便をかける犬のようなものである。町全体を小便臭くすることなどできないのだ。

しかし、こらえきれずに隙間から森の奥をのぞき込んだら、一本の樹は、朽ち果てる勇気を失うだろう。

こうした状況においては、私たちは間違いなく苦しみが必要である。根っこの絡みあった一組一組の樹が騒ぎ出す過程を観察するために。もちろん、可能な限りそこに含まれる苦しみの成分は無視するようにして。

私たちは、どうしても母語が身につかない文化的孤児に似ていないだろうか。月夜のたびに思いを馳せ心慰めるが、その後の空しさは、一層人を眠れなくする。

電車に乗って終点まで行き、また電車を乗り換えて戻ってくる。巧みにデザインされた現代化の文脈に落ち込んだかのように、反復の苦境から逃れる術はない。

メスの子犬がさまよっている。安全も貞節も問題ではない。子雀が餌を捜している。尊厳も気高さも問題ではない。必死に蔓を伸ばし、どこの塀でも樹でも手当たり次第に絡みつき、その塀や樹の痛みに平気なのが、フジの木である。

深夜の最後の灯とそこに佇む最後の娼婦がぐるになり、最後の男を待っている。捕まえたら、ぎゅっと抱きしめキスをして、彼が性欲の使用過多であれインポテンツであれ、気にすることはないだろう。

こうした状況においては、痛みは、明らかに一つの感情であり、一つの情景である。ちょうど森が地下でこっそり交接、より正確には群交或いは近親相姦しているように。こうすれば、陽光のもとで闘って同士討ちになるのを避けることができるのだ。

喜びを交換するとき、痛みをも交換している。激しい炎が降臨すれば、双方に火がつき、片方の樹だけが無傷でいることなど許されないに違いない。

木の葉はきっと燃えて飛び、地に着く前に燃え尽きるだろう。大衆の面前で裸踊りを強いられて、苦痛を感じる前に発狂してしまうように。

こうしたことからすると、絡みあうのはもう一つ別の根深さなのだと気づかされる。彼らは互いに失われるのを恐れ、孤独に怯えているのである。

考えてみよう。歓喜する者が樹で、謀殺する者も樹である。新たな生を得るのが樹で、枯れるのも樹である。受けとめる者が樹で、抑圧する者も樹である。高貴なのが樹で、下賤なのも樹である。しなやかなのが樹で、折れやすいのも樹である、などなど。

では、なぜ苦しまねばならないのだろうか。こう推論することもできるだろう。苦しみは、単なる存在の自己証明なのではない。苦しみを感じるとき、同時に存在の快感をも享受しているのである。

樹の痛みに心動かされるのは、ある文脈の抑圧のもとでの生存をついに受け入れたことを意味するだろう。

よって、もしある人が、それは異性の恋人かも知れないし、同性の恋人かも知れないが、あなたの前に来て手を握り、蜜蜂のようにあなたの視線に絡まり、求愛のルートに飛び出してきたならば、きっと分かるはずだ。

その人は、本当に苦しいのだ、と。

恐怖について

二〇〇六年六月十日　CA九八四便四A席

陽光の最後の一筋が、蛇のように音もなく色もなく消えうせるのが、怖い。また独りきりで物思いにふけらねばならないのかと思うと。恐怖への欲望が沸き起こってきた。さまよう野良犬が道端でさかろうとするのを抑えきれないように。

誰かを捜しに行くのも、誰かを避けるのも、決してすべての人が野良犬のようではないと——、ただそう説明したいだけなのだ。

二十一世紀のある黄昏に、私は恐怖を覚えた。狂ったように泣き叫びたかったが、際限のない静けさに転げ落ちた。その静けさは、海底《うなぞこ》から湧き起こってきたような、比類のない柔らかさであり、また比類のない鋭さであった。

恐らく、それは生の証しであり、死の証しでもある。

もちろん、私は山が次々と死んでゆき、河が次々と死んでゆき、町が次々と死んでゆくのを見た。

それに私のサクランボも一粒ずつ死んでいった。人が死ぬように、順々に或いは順不同に、一つずつ地面に叩き落とされた。

しかも恐怖がその中で蔓延し、流動していた。

盲いた者が落ち着き払って大地を叩くとき、私は一層意志を堅固にすべきか、それとも一層ナンセンスになるべきか。

一番良いのは、非常に親しい人、或いは心から愛する人に、コップ一杯の致命的な緋色を運んできてもらい、哲学的方法で尋ねてもらうことだ。堕落した世紀がさらに堕落する必要はあるか。肉欲まみれのこの世がさらに肉欲にまみれる必要はあるか、と。

愛する人が私を殺すのは、別に怖がるほどのことではない。私などせいぜいが菌類のごとき存在で、しかもしょっちゅう犬の小便に浸けられたあの××のようなものだから。

小便臭さを恐れるばっかりに、どこもかしこも犬に小便を引っかけられてしまうのだ。それなのに、人は楽しげに犬の小便の挨拶を交わしながら、真の恐怖とは自分に人を殺す可能性があることだなどと、胸の内を打ち明けあったりしているのである。

それならば、おいでなさい。我が愛する人よ。我が町を、我が村を、我が嬰児を、我が詩歌を、我が過去を殺害し、最後に私自身を殺害するために。

繁栄しすぎた世紀には、殺害もまた繁栄の一変種となる。一羽の鳥の堕落がある群れ全体の殺害に匹敵するようになる。

やがて夜も尽きようとするとき、ある人が恐怖に駆られて恐怖の扉をあけてみたが、もはやどう閉めてよいのか分からなかった。

それでは、一緒に恐怖を感じよう。一緒に殺害し、殺害される過程を完成させよう。

たとえそれが、ある思想により別の思想を殺害することであろうと。ある愛する人により別の愛する人を殺害することであろうと。ある言葉により別の言葉を殺害することであろうと。ある恐怖により別の恐怖を殺害することであろうと。

――これこそが最下層を恐れるゆえんである。

多分、あの鳥たちには、恐怖など何でもない。鳥たちは、ある季節のある時刻がめぐってくると、一斉に孵化するからだ。ちょうど野菜市場の腐った大根のように、突然、ひと籠ずつ雲を突き破るのだ。

さらに驚くべきは、鳥たちは広域に及ぶ集団死を敢行することができ、あらゆる恐怖に対して怖くてどうして良いのか分からなくなるくらい沈着冷静であることだ。

ミミズはと言えば、とうの昔に極めて緩慢な蠕動運動を身につけて、地表と地中深くとの間の地層に生を求めている。

ミミズの恐怖は研究が難しい。生存の元手があまりにも廉価なため、恐怖という要素を導入するまでもないからである。

言葉でもって一篇の詩を殺害するのは恐るるに足りない。しかし、母語の名を借り一群の詩を、或いはその全体を殺害するのは、広域に及ぶ恐怖を触発し、新しい殺害者の殺害の衝動を導くに足る。

最初は、恐怖のゆえに殺害するのである。次からは、殺害のゆえに恐怖するのである。

ある都市で殺害されるのは、別の都市で殺害されるより、特に恐怖が増すわけではない。

ある殺害が、別の殺害よりも明らかに不当だと証明したいのなら、ある種の恐怖が別種の恐怖よりもずっと恐ろしい理由を考え出さねばならない。

ある芸術が、殺害によらなければ延命し得ないのであれば、殺害と恐怖とが、いかに影響しあうかを無理に探る必要などないだろう。

チンピラが独り灯のもとで夜遅くまで酔っ払っている。これが恐怖と殺害の基本的な症状である。

詩人がカマキリのように言葉と交尾したあと、言葉によって侵される。これも恐怖と殺害の基本的な症状と言える。

裁判官が羊のように欲しいままに想像上の姦淫を行う。しかもその方法や過程にお構いなく。これこそ恐怖と殺害のより基本的な症状だと見なすことができよう。

私は想像上の姦淫によって犯された。そのため殺害され、恐怖にさらされた。私は当然ながら、双頭のガラガラ蛇に変身せねばならない。

殺害と殺害されること、恐怖と恐怖にさらされること、存在と存在させられること、虚無と虚無にされること、肉欲と肉欲まみれにされること、偽善と偽善にされること——。

号泣と号泣されること。

苦痛

二〇〇六年六月十三日　四時二十八分　自宅にて

一枚の落ち葉が次第に腐敗してゆく過程で、どれほどの苦痛が生じるのかは、考証のしようがない。

ある群れの生存が突然中絶させられたならば、苦痛の遺伝子も余さず捕獲され、根絶やしにされると考えるのは、恐らく誇大妄想に属するであろう。

さらに問い続けよう。突然繁栄と光明を迎えた時代に、苦痛の変異が起こる可能性はないのか。苦痛を恐れる度合いによって人の気高さの程度を計るのは、医学の名を借りた苦痛抑圧の恐るべき陰謀ではないのか。

ある種族の別の種族に対する徹底的な浄化は、浄化する者の苦痛に満ちた遊戯と見なさねばならない。
ある言語の別の言語に対する完全な脱構築は、脱構築する者の苦痛に満ちた試みと見なさねばならない。
ある苦痛と別の苦痛との鮮明な対比は、苦しむ者の苦痛に満ちた証明だと見なさねばならない。

しかし、注意が必要だ。苦痛の物象化、或いはその過程は、根本的に言えば、世紀を跨ぐ陰謀、或いはその過程なのである。苦痛の程度によって人間存在の程度を区分することは、恐らく世紀を跨ぐ集団的淫乱を誘発するだろう。

さらに掘り下げて言えば、苦痛を隠蔽、或いは敵視するのは、社会が集団的殺戮を行いつつあることの証拠なのである。

落ち葉が消滅する過程は、恐らくあらかじめ樹に内蔵された自己乖離作用である。しかし、密かになされた迎合かも知れない。もし迎合のほかに、自己の存在を証明のしようがなかったとしたら。

人間に苦痛が発生する過程には、あるエスニックグループだけがいち早く堕落し放縦で貪婪になる秘密が隠されているのかも知れない。しかし、物欲の早すぎる実現によるのかも知れず、哲学の名を借りて実施される集団狂騒症に対する憧れによるのかも知れない。

ばらばらに引き裂かれた身体は、苦痛に対する敬意と憐れみを引き起こすだろう。しかし、あるエスニックグループの精神が集団で堕落しているとき、苦痛は、是非とも理解し直し、定義し直す必要がある。

それでは、誰のために苦痛を感じるのか。

知らぬ間に死んでゆく人のためか。

世俗的繁栄を謳歌する都会のためか。

集団的な無視、堕落の陰謀、或いは過ちのためか。

三つの言語で交配され、舶来の形式で表現される詩のためか。

豊かさを装いながら放蕩の限りを尽くす時代のためか。

もういい！

私たちになぜ都市が必要なのかようやく分かった。それは、私たちの肉体がぎゅうぎゅう詰めの大きな箱に押し込まれ、互いに養分を吸いあうことが必要だからであり、箱の外の肉体にも、我れ勝ちに入って来るよう誘うためなのである。

このようにして、丸呑みにし、丸呑みにされ、雑交し、雑交される行為が予測不可能的に発生し、進化論の優秀さが証明される。

私には認めることのできない神が、こんな道徳を編み出したのか。苦しむ者は苦しむに任せておけ。交配不能と精神分裂こそが、彼の宿命であり、繰り返しそこに落ち込むしかない輪廻なのだという道徳。

肉欲にふける者はふけらせておけ。繁栄の名を借りて行われる世紀的なお祭り騒ぎと彼とは、まさに名コンビである。肉欲にふけり続けることとそうさせられることが彼の仕事なのだという道徳。

実のところ、どれほど僅かな苦痛であっても、より正確には、どれほど僅かな精神的苦痛であっても、それを必要とする限り、私たち及び私たちの私たちは、ちょっぴり気高くなったように感じる。少なくとも蛆虫のように群れをなして腐肉の中をうごめき、盛大な宴会を開いて人に吐き気を催させることはない。

名前も知らない鳥が飛んできて、飛び過ぎた。

鳥の苦痛を想像すると、その深層に隠された名づけようのない抑圧を感じ取ることができる。苦痛を観察し把握するのは、同じようにして繁栄自体が人を苦しめることに対する精神の脱構築なのである。

しかしながら、言語、或いは詩がすでに脱構築されて苦痛を言い出せないとき、大いにありうるのは、哲学上であれ肉体上であれ、あらゆる苦痛が失語状態に陥っているということである。

すなわち、言語なるものや詩歌なるものは、極めて悪辣な方法で言語や詩歌を撃ち殺し、繁栄する群れから苦痛を表わす能力を喪失させているのである。

なんと巧妙な陰謀であろうか。にもかかわらず、私たちはどうして相も変わらず苦痛を感じているのだろうか。

考える人

二〇〇六年八月二日　崑論飯店カフェテリア

一匹のまだら蝶が交尾の相手を求めて町なかを飛ぶ飛行ルートを観察することは、瀧のように目の前にぶら下がるイメージを観察するようなものである。街灯は、通常断固とした不動の姿勢を取っているが、その白光はしばしば屛により曲解される。インポテンツに慣れた論断のようでもあり、考える人が言い当てられるのを面倒くさがっているようでもある。

安全に迂回する言葉は、再構築の衝動であると手慣れた解釈がなされる。ベッドの呻き声は、宇宙の淫乱へと想像を逞しくするに足る。ちょうどある人の死が、あるエスニックグループの堕落を示すに足るように。

ある文明が別の文明を殺害すると同時に、ある都市も別の都市を毒殺することがある。当然ながら、それは思想の名を借りて実行されねばならないのである。

思想の玄関先で夜回りをする人は、実際にはその大半が思想の近親相姦者であり、酒乱者であり、自虐者であり、覗き魔であり……。裏門からの逃亡者は、本質的に都市の廃棄物である。私たち同様、高層ビルから幾度も排泄され、犬の糞より堅くて臭い。

田畑が丁寧に描写されたあとは往々にして、仮想の思想の饗宴が裸の乱痴気騒ぎだと命名されるだろう。

正装者の悪辣さと低俗さについては、十分に見込んでおかねばならない。その威力たるや、現代の名を冠した淫蕩三昧をそっくりそのまま維持すべく、考える人の欲望を一千回も撃ち殺すに十分なのだ。

言い換えれば、淫蕩な形式により淫蕩を継続するのである。

一人の人間の単純な存在方式は、実際にはより一層淫蕩的である。あたかも都会のある路地に意味もなく降ろされて、徹底的に淫蕩三昧に浸り続けねばならないかのようである。

思想の名を借りたこうした発言は、必然的に虚偽に満ちあふれ、人に吐き気を催させるだろう。虚偽化を完成させる過程は、計画的かつ段階的な集団の没落を意味する。

私たちは大喜びで自分の足と生殖器をむしゃむしゃ食べたあと、それらのため療養し滋養をつけ、ひたすら新しい足と生殖器が生えてくるのを待ちわびている。

都市の主要な目的は、私たちが集団で自瀆を行い、独り言を言うための場所、或いはその容器を提供することにあるかのようだ。

考える人は、その最も辛辣な遺伝子である。彼らは、幸いである。

素晴らしい没落とは、如何なる責任をも拒絶して、あらゆる思想と考える人の視線に対し疑いを抱くことができるということである。

思想に対する過度な貪欲さは、言語や文字に対する嫌悪や恐怖を生み出すだろう。ちょうど模範的な女性の淫蕩が、あらゆる女性の集団的模倣を引き起こし、私たちをすっかり滅入らせてしまうように。

考える人が落ちぶれて雑種になってしまったら、辻強盗のなりをして幾何級数的に増殖するに違いない。

或いは肥溜めの蛆虫のように、集団でうごめきながら、ひとりで波風を起こしたつもりになるだろう。

このような考える人を殺すのは、一つの塀を殺すのに匹敵するくらいの難度がある。塀は庇護するだけで考えないからである。

このような考える人は塀に庇護されている。妓楼の客の下品な笑いが娼婦のブラジャーにぴっちりと隠されているように。

考えられる者が意識において強姦されるのは不可避である。彼には考える人が見えないからである。

考える人が塀の後ろに隠れ、どこまでも続く高い塀で構成された建築群に庇護されている。ちょうどもう物を齧らなくなった都会のネズミが、小便臭く悪臭だらけの下水道の迷宮に庇護されているようなものである。

しかし、やはり考える人を撃ち殺すかばらばらに解体する必要を真剣に考えなければならない。考える人を撃ち殺すかばらばらに解体することにより、あらゆる言語の原初性と純真さとをどのように復元し得るかを研究し、いつの日かきれいさっぱり彼らが身を寄せる堅牢なる都市を粉砕しなければならない。

つまり、今勃興しつつある文明を停止させ、新たに別の文明を興すか、あらゆる文明を平等に取り扱わねばならない。

それでは、思想の賊と言語のチンピラに対する高度の警戒心を保持してもらいたい。撃ち殺す姿勢を片時も忘れず、雪で眼をきれいに洗っておいてもらいたい。

性の考証

二〇〇六年八月三十一日　二時　ロサンゼルス

私は高層ビルと高層ビルの交接過程を考証し、さらに多くのビルの誕生がビルとビルとの近親相姦のためであることを証明する。

私、或いは私たちは、誰もがビルの私生児か混血児である。そこでいっそのこと、ビルの玄関や廊下で、男女の別なく、老若の別なく、生死の別なく、野合しよう。しかも愛情と自由の名において。

私は、自らの望み通りに一本の木切れとなり、男性生殖器の形に彫られ、誰かの灯のもとで堅く真っすぐになり、装飾的、或いは暗示的役割を果たすことができるだろうか。ひょっとすると、様々な性愛の形の発生を正確に予測することができるかも知れない。

性欲の都市は、二十一世紀の象徴に用いられるべきである。

主に射精の方法によって、ひとつの都市が別の都市を無理に従わせるか滅ぼす。或いは言い方を変えると、三十六億個の精子によって一個の卵子を絶えず包囲討伐し、さらに多くの都市の私生児を収穫し、育成する。山枯れ水尽きるまで。

詩の堕落は、語句の任意な解体や組み立てをもって最低限の尺度とする。愛情の堕落は、性交や淫欲に高貴な名称を冠することをもって最終的な基準とする。ちょうど超高層ビルがつねに都市の男性的特徴や発情の絶頂を見せびらかすために用いられ、高貴な名称によって完成された性交や淫欲が、実際には、あらゆる性交や淫欲の水準を引き下げたように。

ひとつの都市の発生は、間違いなく最初の一枚の瓦が抱いた劣情によるのである。では、最も高く、最も多くのビル群を擁する都市の姦淫への衝動は、征服への道程を開始する致命的な契機となるのではなかろうか。

都市の名のもとに、すべての淫乱が放任され擁護されるだけでなく、些かの綻びもなく文化的に飾られる。お陰で、アヒル羽毛布団のもとで交わした慌ただしい性交の方が、裏通りのいかがわしい店での一発発射式の交歓よりも、より濃厚な情交を示していると本気で考えるに違いないのである。

都市の高層ビルが何の思慮分別もなくそびえているのは、発展と富裕の名を借りているに過ぎない。高層ビルに対する羨望と憧憬は、実際には、羨望と憧憬の名を借りて、占有したりされたりする行為を完成させたいだけなのだ。

もう少し明確に言えば、権力と富の御旗のもとで、占有を強行しようとする、或いは喜んで占有されたいという淫蕩と近親相姦を実現させたいだけなのだ。

ある都市を交接の対象とするのは、ある階層やある群れの悲しみを交接の対象とするのに等しい。

遠くから都市を眺めているだけで、気も漫ろになり、男性器が氾濫しているかの不安に駆られる。あなたは思わず、出来るだけ速やかに自己を脱ぎ捨て、淫乱にされたい、或いは淫行をしに行きたいと思うだろう。

これは実は、心が反抗を放棄した、或いは反抗のしようのないことの象徴である。

高層ビルの憎らしい所は、些かも自らの欲望を隠そうとせず、そのくせ自らがしでかすかも知れない刃傷沙汰に、無知で無頓着なことである。さらに呪うべきは、現代化、或いは現代文明の御旗によって、種々雑多な淫蕩の輩を招き寄せ、天使のように高貴な姿で、あらゆる弱者を蔑視し、占有することである。あたかも彼らが地獄の使者にすぎないかのように。

裏通りや陸橋の下でこっそり野合し声を立てぬよう息を凝らしているのは、当然、下劣であり、ホテルの最上階のベッドで絶頂を迎えほしいままに喚くのは、当然、尊いのである。同じ淫乱でありながら、これほどはっきりと差別され、しかも反逆の起こる可能性が皆無なのである。

これが都市の基本的な機能と存在理由なのだろうか。

都市は、うす汚れたベッドのシーツのように私たちを包み、お互いが至近距離にあって淫行に及ぶことができ、しかも恥じる必要のないように保証してくれている。偽りの反逆の名により行われる所業など、自棄に等しく、骨の髄からの、つける薬のない淫蕩そのものなのである。

哲学の名で淫蕩にふける。詩歌の名で淫蕩にふける。文明の名で淫蕩にふける。気狂いの名で淫蕩にふける。高貴の名で淫蕩にふける。下劣の名で淫蕩にふける……。

淫蕩にふける。

淫蕩にふける。

淫蕩にふけりまくる。

いくら日が高く昇っても、いくら空が晴れわたっても、こうした想像を遮ることはできない。この疲弊した都市は、淫蕩自在な怪物である。数千年に及ぶ男性器崇拝の頂点にある。文明と野蛮の姦淫である。天国と地獄の私生児である。淫乱な者と淫乱にされた者の心の落ち着き先である。

これが性の考証である。

ゴキブリ言説

二〇〇六年九月一日　四時十一分　ロサンゼルス

群れ成すゴキブリの自虐ルートとその方法は、秘儀めいた下劣極まりないものであり、遙か彼方での魂の堕落や、虚偽に長けた陰湿な集団イデオロギーを想起せしめる。

高層ビルの隙間、レンガ塀の隙間、床板の隙間、台所の隙間――あらゆる隙間は、ゴキブリが文明の密偵として如何なる反逆の可能性をも素早くキャッチできるよう、あらかじめ設けられたものなのである。

それでは、ゴキブリの集団的監視のもとで、魂はどのように堕落するのか。

恐らくは、女主人のお乳の前にうずくまり、色情的な優しさによりある種の興奮に達し、街路樹の根方で股裂きを完成させる準備がいつもできている、そんな一匹のメス犬のようになるのである。

恐らくは、高層ビルのてっぺんを旋回し、群がる大衆を顔色ひとつ変えずに観察し、しかも急降下して誰かの捨てた果物の皮をかっさらう準備がいつもできている、そんな一羽のカラスのようになるのである。

或いは恐らく、言葉の塊を胸に秘め、任意の方式で自己を組み合わせ、とうの昔に空っぽになった感情の倉庫に絶えずゆすりたかりを繰り返し、無理やり人気商品の手つかずの在庫を吐き出させる、そんな一人の詩人のようになるのである。

もちろん、最もあり得るのは、自己交配と生育の過程を完成させるため、突然中性に変化してしまうことである。

ここまでくれば、魂の堕落計画はほぼ完璧であり、ゴキブリの異種としての疎通、創造能力がいかんなく発揮されたことになるだろう。

都市に突き刺さっている高層ビル群に対するゴキブリの作用は、その比類なき汚さにより、ビル群の生存を助けることにある。月光も雨の色も秋風も、どれほどの影響も及ぼせず、言葉の脱構築或いは脱脱構築も、何ら関わりがないのである。

ゴキブリの前で、私や私たちは喜んで自暴自棄になる。その手順は以下のごとくである。

一、ゴキブリの醜さを無視し、ゴキブリとの平和共存を習得する。

二、やや高い角度から彼らを見上げ、彼らが都市と高層ビルの生存を助けてくれることに感謝する。

三、卑劣と低俗に関するあらゆる知識を徹底的に放棄し、快感を感じながら自分のためどんな境遇にも安んじる余地を残しておく。いついかなる時にも、どんな卑劣よりもずっと卑劣に、どんな低俗よりももっと低俗になれるように。

最も重要なのは、私と私たち以外の全ての同性を殺害し、あらゆる異性を占有するか弄び、或いはあらゆる異性に占有されるか弄ばれる方策が、私と私たちにはないという前提のもと、私と私たちが直ちに中性に変わらなければならないということである。

こうすれば、安全かつ手軽に、随時自瀆し、かつ超生物的方法により肉体から精神に至る二重の喜びを得ることができる。

ゴキブリはどのように私たちに応えてくれるのか。

私はあえて断言する。ゴキブリはチラリとふり向いたあと、のうのうと立ち去ることだろう。つまらなそうな或いは鼻先で嘲るような態度を現すために。

しかし、彼らにも私たちを侮蔑するだけの理由が確かにあるのだ。一匹のオスのゴキブリがどのようにして交尾の欲望を遂げるために闘うか。三DKの室内に棲息するあらゆる同性を撃退し、あらゆる異性を占有し弄び、或いはあらゆる異性に占有され弄ばれるという幻想をいかにして構想し完成させるのかを、私たちが知りさえすれば。

私や私たちが私や私たち以外の私や私たちを理解することができ、私や私たち以外のあらゆる同性を殺害してあらゆる異性を占有し弄び、或いはあらゆる異性に占有され弄ばれるという幻想を暴くことができさえすれば。

私や私たちがゴキブリに及ばないのは、私や私たちが共に没落してゆくばかりだからである。都市と高層ビルの示す最下層にまで没落し、私や私たち以外の私や私たちに触れることのできない魂の限界において、私や私たちの生存を完成させるからである。

実際には、私や私たちが都市の煉獄世界を作り上げている。煉獄世界の目的は、上昇することである。ゴキブリの及ぶべくもない至高の世界まで上昇し、そこから再度没落するのである。

しかし、ゴキブリは地獄から来た種である。その行為は、彼や彼らの求愛がより深く、より徹底した、跡形も残さないものであり、もともと私や私たちの好みにあうはずがなく、私や私たち自身となるはずもないことを表明している。

私や私たちは、永遠に彼や彼らの角度や視角を獲得することができないため、せいぜい密かに喜びの声をあげること、彼や彼らの寛容に喜びの声をあげることくらいが関の山である。

さらに反省を進めれば、私や私たちが地獄の上層に留まっている目的は、私や私たちのためにもう一つの地獄を構築し、私や私たちに順調に堕落してゆかせるが、ただあまりに深く落ち込み過ぎないようにするためであることが分かるのである。

この意味から言えば、私や私たちを地獄からの使者と称してもよいだろう。もちろん、地獄の中の天使と言っても差し支えない。

ゴキブリを研究する目的は、彼や彼らと私や私たちが都市と高層ビルの最後の種となる可能性があることに思いを致すことにある。

どれほど低俗、卑劣、厚顔無恥であれ、彼や彼らと私や私たちは、都市や高層ビルと共存し、しかも都市や高層ビルのどの片隅をも屠場に変え、彼や彼らと私や私たち以外のあらゆる種を情け容赦なく惨殺しなければならないのだ。

彼や彼らは、ゴキブリという形式によって種の堕落と延長を達成した。私や私たちは、哲学、詩歌という方法によって種の堕落と延長を飾り立ててきた。

しかし、共存が最終的に共謀となることも妨げない。ならば、ともに享受可能な完璧さも、虚構ではなくなるだろう。しかも私や私たちの自発的残忍さも、隙間に挟み込まれ、卑劣でも下品でもなくなるだろう。

最後の人

二〇〇六年九月二日　六時十四分　ロサンゼルス

最も高いビルのてっぺんに居すわるあのカラスが全ての人間を殺し得ることを、私は知っている。

しかも、ペットとして最後の人間を飼うことができるということも。

それならば、提案しよう。カラスはまず、あらゆる詩人をつつき殺すべきである。さかりのついた猫の鳴き声のような甘えと愛想をつかされた恨みや羞恥により、集団的乱痴気騒ぎに向かう心情から免れるため。

次に、あらゆる哲学者と博引旁証者をつつき殺すべきだ。現代或いは文明の名を借りて、貪欲のために論証し、自由に交配したり占有したりする身分を取り換えられることから免れるために。

ほかにもありとあらゆる売春者を、まず何より先に思想の売春者をつっき殺さねばならない。新世紀の新しい淫売方法に道を拓き、市場を高騰させ、あらゆる強権者、卑劣漢或いは窃盗犯の姦通行為に便宜を提供してやるために。

もちろん、私は、殺されることもなく、殺されるはずもない。私はあのカラスの共犯者だからである。

私は、殺されることもなく、殺されるはずもない。私が正にその最後の人間だからである。

最後の人間として、私は早くから注意深く脱構築されており、些かの破綻もなく修正されている。

第一に、私は必然的に最後の詩人である。よって恥知らずでかまわない。如何なる主人或いは敵と共存してもよい。言い換えれば、この人心を寒からしめる畏敬すべきカラスと共存してもよいのである。

第二に、よって私は、事の成り行き上、最後の哲学者、最後の博引旁証者にもなる。こうして私は、もう如何なる可能な反駁をも顧慮することなく、心の欲するがままに貪欲と貪婪、敵視と陥穽、支配と懲罰を、文明或いは現代文明の合理的存在として論証することができる。言い換えれば、このカラスの世界大虐殺の合理性と合法性を認めるということである。

最後の売春者或いは買春者として、私はとっくの昔に次のような人間になってしまっている。肉体的意味からは、徹底した淫乱であり、思想的意味からは、何はばかることのない淫乱である！

——今ようやくありのままに言うことができる。私は、強権者、卑劣漢、窃盗犯たることを昔から願ってきたし、とうの昔にそうだった、と。私は、淫乱や姦通という行為、方法、その楽しみについて、余人の追随を許さぬほど熟知している。

最後の人間として、私は以下のような方法で生存を図るだろう。

この畏敬を感じさせるカラスの姦通或いは姦通される対象となり、ほしいままに情欲に溺れ、いかなる価値ある反抗にも出会わないようにする。

その後、ネズミどものペット或いはお妃として、欲望を排泄したり排泄されたりしたあと、関連する情報をカラスに通報する。

或いは犬か猫のように、だだっ広い都市の広場や高層ビルに好きなだけ小便をひっかけても、もはや罰金を取られたり拘束される心配をしなくてよい。当然のことだが、都市管理局の正門の定点に小便をひっかけてやる必要がある。毎日、朝、昼、晩と一回ずつ。天候の如何に拘わらず。

インターネット上にびっしりと「馬鹿」とか「たわけ者」とか書きなぐらねばならない。私はもう自分以上の恥知らずからの反撃や警官のお出ましに心を煩わせる必要がなくなったからである。さらに殺された美女の霊前で狂った裸踊りを披露して、生者こそ強者なんだという理念を顕彰しなければならない。

言い換えれば、最後の人間は、ジャングルの法則或いは新しいジャングルの法則に対して最後の判定を下す権利を有しているのである。

より汚らしい境遇に生存することは、それ以前の割に汚らしい境遇に居続ける恐怖を和らげるわけではない。

よって、最後の人間である私は、蛆虫や蠅の方法により、再び最後の人間の生存の可能性を論証する必要はない。

疑うまでもなく、最後の人間である私は、妾のように、猫や犬や鼠や蠅たちにこの上なく寵愛されるだろう。しかし、私が最も重んじるのは、やはりあのカラスからの愛の一瞥である。

カラスが都市や高層ビルと共存しているだけでなく、カラスこそが私の新しい主人であると、私たちの間ではとっくに密約が成立しているからである。

カラスは、必要とする交歓や殺戮を主宰すると同時に、都市や高層ビルとともに、もう一つの文明の象徴であると拡大解釈されている。

都市と高層ビルが不滅ならば、カラスも不滅だと言える。カラスたちは、最後の人間である私の存在によって、互いに証明しあうことが可能となるのである。

しかし私は、最後の人間として、人間の知恵或いは陰謀を巡らす能力により尊敬をも勝ち取るだろう。

最後の人間である私は、都市や高層ビルでいかにして情欲に狂うかについては完璧なまでに詳しいからである。

小さなウサギ

二〇〇六年九月二日　七時三十一分　ロサンゼルス

ウサギの身分によって、都会の高層ビルの企業で育てられるのは、幸運である。

と言うのは、雌ウサギの役でからかわれたあと交換されても良いし、雄ウサギの感覚で発情してから皆に見られても良いからだ。もちろん、性別のない中性として好きに用いられるのも構わない。

ある企業とある企業とが等価交換されることを「双方勝ち」と言うが、実際には、勝ちも負けもない。

ウサギの主要な任務或いは価値は、速やかなる繁殖にある。ゆえに、出来るだけ多くの交配を行わなければ、交換を確実に実施したことにはならない。

ウサギと生まれた以上は、ウサギの歩むべき道を歩むしかない。

まず、ある都市に飼われなければならない。周囲の誰もがウサギであるという環境のもと、速やかなる交配と繁殖の循環の輪に入るため。

次に、ある高層ビルに収容されなければならない。管理されるか或いは団体としてのアイデンティティを持つためである。

さらに、ある企業に所有され、価値の計算を行い、フロー・シートに組み込まれなければならない。

ウサギをコントロールする理論は必ず必要である。例えば、剰余価値に言及するときにはウサギの繁殖速度と交配環境を考慮に入れなければならない。

ウサギの近親相姦は別に構わない。というのは、商取引から見れば、これはコストを下げるのに役立つからである。

企業が不思議なのは、ウサギが望むと望まざるとに関わらず、あらゆるウサギを受け入れ、その総重量或いは総数によって企業の繁殖規模を表すことができるという点である。

ウサギの自棄或いは逸脱は、企業の政治現象に帰せられる。解決の方法は、さらに多くのウサギに自棄或いは逸脱させ、自ずからバランスの取れるような現代化した制度を作ることである。

ウサギの貢献の一つは、大量の糞を生産することである。これは良いことだ。それを用いて植物を栽培し、ウサギへの収益の配分とすることができるからである。

小さなウサギはこう言うだろう。私は喜んで都市に飼われ、しかも言う通りにする。おとなしさが、ウサギにとって第一の美徳であるだけでなく、飼われることで必要な安全も保障してもらえるから。

大きなウサギはこう言うだろう。私は喜んで高層ビルに収容され、しかも口のきけない者になる。私はさんざん流浪の苦しみを舐め、沈黙を金とし分に安んじることがここに居続ける第一条件であると骨身に沁みているから。

年寄りウサギはこう言うだろう。私は喜んで企業の支配を受け、しかも交配に勤しむ。食べ物が鍋の中になければ、お碗の中にもない道理だから。企業の運命が私の運命であり、企業の法則が私の法則だから。

しかし、ちょっとした面倒を引き起こすウサギも出てくるだろう。ヤッらは人間となり、管理者やオーナーに成り上がろうとする。

その結果はこうである。

小さなウサギは無残にも輪姦に遭った。

大きなウサギは生殖器官をえぐり取られた。

年寄りウサギは二つの耳が根元から切り取られた。

もう一匹の中性のウサギは、懲罰として公衆の面前で自瀆をさせられた。男或いは女、または男でも女でもない姿で、幾度も幾度も執拗にやらされた。

都市は空まで焦がす炎によりその繁栄を喧伝し、高層ビルは立体的な光の海によりその勢力を顕示し、企業は急上昇する配当金によりその発展を突出させる。ウサギはどうか。ウサギは絶え間ない交配により快感を享受するのである。

しかしながら、大小、長幼、男女の区別のつかない、擬似ウサギ的ウサギが一羽死んだ。高層ビルのてっぺんから自ら飛び降りたのだ。

オタマジャクシ論

二〇〇六年九月四日　二十二時二十二分　ロサンゼルス空港

最初に一つ断っておかねばならない。私は言葉の人、或いは言葉にされる人であるが、集団的意味からは、オタマジャクシと同列に論じられるよりほかにないということである。どこもかしこも都市と高層ビルだらけになり、もはや月と星のある池で生み育て変身することが、私にはできなくなったからである。一群れ一群れカエルが悲鳴をあげながら発情し、好きに姦通と射精を繰り返し、また一群れ一群れ残らず死んでゆく。安価で卸され、マーケットに拒まれる偽物のように。

そこで、私と言葉の私たちは、集団的な計画を立て、以下の決定を行った。

都市の体現する現代性と物質文明に鑑み、私と言葉の私たちは、喜んで性の奴隷であるかのように生きてゆく。つまり、集団的に姦淫されたあと、集団的に姦淫しあうのである。

ここでの「言葉」には物質性はない。それは精神的、思想的である。無論、そこには魂の深部も含まている。

しかし、私と言葉の私たちと彼と言葉の彼らとは没交渉である。私と言葉の私たちは、彼と言葉の彼らの零落やどこまで零落させられるかには無関心である。

私と言葉の私たちは、願っている。ある時代と盟約を結び、そのことで姦淫した者がさらに姦淫し、姦淫された者がさらに姦淫されることの合理性を推理、証明し、時代全体の合法性を描写し、賛美し、かつてなかったほどに現代化した文明がその他の文明に取って代わり、かつ排斥することに歓声を上げ、それが巻き起こす貪婪と肉欲の嵐と、嵐に震えるあらゆる風景に歓呼することを。

私と言葉の私たちは、そのことで時代の特許を得て、肉欲に狂う者、強奪者として言葉の最先端で現代的意味における近親相姦を完成させる権利を有する。

集団的肉欲化
集団的経済化
集団的大衆化
集団的重複化
集団的失語化
集団的奴隷化
集団的自虐化
集団的中性化

などなど。

最後が、集団的オタマジャクシ化である。

「集団」と「オタマジャクシ」とは、なんと見事な対比であろう！

私と言葉の私たちはこうした対比を高く評価する。それが超集団的記憶としての生存と服従を絶えず喚起し、強調してくれるに違いないからである。

実は、私と言葉の私たちは、現代化の内通者として貧困の可能性を論証するため、最初からオタマジャクシという種に属し、都市と高層ビルに飼われているのである。

言葉の虐待者であり被虐者でもある私と言葉の私たちは、オタマジャクシ的な論理を遵守してきた。例えば、まずある思想を殺害するか或いはばらばらに解体し、それからどっと押し寄せ絨毯爆撃を行うように事件を分析するのである。

しかし、結論は全く同じである。即ち、あらゆる死体の腐臭と現代文明とは、一切無関係であり、現代の死は、どのような死であってもかまわないのである。オタマジャクシの論理は、オタマジャクシの鉄の規律を派生させることができる。言葉を一番多く把握している人が、初夜権と無限交配の正当性を有するということである。

私と言葉の私たちの間には、当然黙契が欠かせない。さもなければ、どのようにして近親相姦の必要とその平等を保証するのか。どのようにしてオタマジャクシの一族として変転し生き延びるのか。どのようにして言葉の脱構築権と隠蔽権を集団的に把持し、ジャングルの法則の不朽の光を押し広げ発揚するのか。どのようにして言葉の弱者、或いは雑種としての彼と言葉の彼らをもっと多く作り出し、私と言葉の私たちの高貴さや合理性を際だたせるのか。

ある世紀に対する抵抗と疑義を放棄するのは、知者の選択だ。偽証を用いて現代化の過程が不可逆的であることを明かした者は、千載の歴史に名を留めるだろう。

オタマジャクシになるか、或いは私と言葉の私たちになれば、時代の饗宴にあずかりながら貪婪の汚名を背負わなくて済む。

「オタマジャクシのお母さん探し」*などというが、都会の光と高層ビルの輝く照明の中で、そんな感情がどうして生まれよう。必要とならば、私と言葉の私たちは、密会する犬になることも、汚れたうめき声を冷淡さの後ろに隠すことも厭わない。

オタマジャクシが池から離れることを夢想だにしないなら、私と言葉の私たちも、都市と高層ビルを守るれっきとした理由があるのである。

訳注

＊「オタマジャクシのお母さん探し」は、水墨画によるアニメーション映画（上海美術電影製片廠、一九六〇年）の題名。オタマジャクシが苦労の末に、お母さん蛙を探し当てるという物語。

後記

私は、間違いなく都市の孤児である。

孤児と自称するのは、現代都市の物質化の渦に溶け込む術をどこにも持ち合わせていないからである。

現代文明、或いは現代化という制度は、人類にかつてないほどの富をもたらし、それを享受させた。法律の名により構築された社会秩序は、ますます精度を増し、国と国、民族と民族、都市と都市、人と人の関係は、これまでになかったほど緊密に結び合わされている。こうした社会の進歩に祝声をあげるのは、確かに理由のあることだ。しかし、既得権益者として、十分なる物質享受者として、平穏無事な状態にいる詩人として、絶えず想像の空間を押し広げる知識人として、私、或いは私たちは、疑義と批判の態度を放棄してはならないだろう。明日がより麗しくなければ希望もないのだ。故に、明日のため、今日を問いただし、批判しなければならない。あらゆる人の心が晴れなければ幸せではないのだ。故に、たとえ残されたのが一人の乞食だったとしても、私たちは批判し、問いただださねばならない。

グローバリズムの文脈において、いかにして究極的な関心を持ち続けるかは、一つの挑戦である。一つの文明がもう一つの文明を滅ぼそうとするとき、私たちはこうした文明を批判しなければならない。少なからぬ人たちが、なぜ私に『都市流浪集*』が書けたのか不思議に思うらしい。『小さなウサギ』は、彼らにはもっと不思議に映ることだろう。しかし、私に言わせれば、そんな不思議さこそが不思議なのである。一人の詩人として、知識人として、私は、最低限の人格に基づき、私の、些か独断的な、或いはそれほど独特でもない感覚、経験、想像、思索などを表現し、自己の本分を尽くしたまでのことである。これが私の詩の初心だと言えば些かオーバーかも知れないが、それは間違いなく『小さなウサギ』の魂である。

『都市流浪集』の延長線上に、『小さなウサギ』は、次のような心理に焦点を当てて表現するよう意を砕いた。即ち、まばゆいばかりの繁栄と富に覆われて、私たちはもはや思想の苦しみを意識せず、死に対する心からの尊厳を感じず、無感覚や無関心に恐怖を感じなくなってしまっているということである。言い換えれば、いわゆる思想が肉欲化してしまっているのだ。私の視界にいる大多数の詩人や哲学者は、様々な富の饗宴に赴いたり、自らのポストを手に入れるのに大わらわで、しかるのちようやく中味の乏しい思想家の身分で一杯のスープのおこぼれに預かるのである。富に対する崇拝が、都市に対するうやうやしい最敬礼を招いている。どの都市も、野蛮な「金剛力士像」のように、並はずれた運動能力を発揮して、大きなビルを持ち上げ、一層の裕福さ、一層のオス性、一層の都市化に向かって驀進する。これが二十一世紀の潑剌たる象徴である。しかし、別の角度から眺めれば、人類の傷つけあう手段がより巧妙になり、人類の貧富の差がより顕わになったということである。天国の敷居はこれまで以上に高くなり、地獄の門はこれまで以上に広くなった。そこで、企業という形態で存在する社会構造は、非常な廉価で「生産力」と称される人間を回収し、飼っておくことができるようになった。しかし、人間自身の尊厳について問う人は一人もいない。末世的な精神状態が、富のため人を死に物狂いにさせる。次に訪れるのは貧困に対する冷淡さと蔑視である。誰もがやがて訪れる末世の「最後の一人」になろうとしているかのようである。悲しむべきは、知識人が国も種族も前後の見境もなく性転換することである。ちょうどオタマジャクシの一群が、集団無意識によりあらかじめ定められた言葉の規則や飼育マニュアル通りに、風流人ぶってみたり、無為な毎日を過ごしてみたりするようなものである。

『小さなウサギ』は、形式面からは、漢賦に呼応して、詩の民族性を突出させようとしたものである。私見に依れば、いわゆる詩の民族性とは、言葉の技巧面の発明や形式的特徴の斟酌だけではなく、民族のその時代における真実なる生存状態と精神性と表現方法の総合的な反映である。

二〇〇六年九月十三日

駱英

訳注

＊『都市流浪集』作家出版社、二〇〇五年一月。日本語訳に、竹内新編訳『都市流浪集』（思潮社、二〇〇七年八月）がある。

*

現在形黙示録

高橋睦郎

いまからちょうど百年前、二十世紀初頭のパリの漂泊者だったライナー・マリア・リルケは『マルテの手記』を「なるほど、生きようと思えばこそ、ひとはこの街に集まってくる。だが、ここではあらゆるものが死滅するほかはない、むしろそんなふうにぼくには思えてしまう。いまぼくは外をあるいてきた。眼にはいったのは、いくつもの病院だった」（生野幸吉訳。以下も）と始める。

その病院のひとつについて、次のように書く。「この壮麗な市立病院の創立はきわめて古く、すでにクロードヴィヒ王の治世に、そのいくつかのベッドで人が亡くなった。いまでは五百五十九のベッドで死んでゆく。当然大量生産の死ということになる。こんなに巨大な生産量では、ひとつひとつの死がそんなに丹念にゆくわけもないが、それも別に問題にもされぬ。量が粗末にさせるのだ。（中略）自分独得の死を持とうという願いはいよいよまれになってゆく。もうすこしたてば、そんな独自な死など、独自の生とおなじほどめずらしいものになってしまおう」。

「もうすこしたてば」とはどれほどの時間をいうのか。まさかクロードヴィヒ王（クロヴィス一世？　四六六‐五一一）から『マルテの手記』起稿の一九〇四年までの千四百年間ではあるまい。たとえば百年。しかし、この百年のあいだに人類の状況はおそろしく変わってしまった。その間、世界の各地で未曾有の規模の大戦争や大量虐殺が勃ったにもかかわらず、人口は四倍以上に増えたはずだ。

このまま人口が増加の一途を辿れば（と仮定法で言う必要もなく、人類は発生以後ただただ増加の一途を辿ってきた、という）紀元四〇〇〇年には地球上の人類の総重量が地球の重量を超えるという、冷厳な数字が弾き出されている。もちろん、その時点まで人類がこのままの状態で地球上に生息をつづけるわけにはいくまい。では他の天体へ移住するか。しかし、他の天体への移住可能な人数は十万人程度、しかもいったん移れば帰ってくることは不可能なのだそうだ。つまり、人類が近い将来の滅亡へむかっているのは確実といわなければなるまい。

紀元四〇〇〇年どころか紀元三〇〇〇年の人類社会もむつかしかろう。いや、紀元二一〇〇年だって不可能かもしれない。しかし、そんな切羽詰まった状況になっても、国家と国家、民族と民族、宗教と宗教とは、戦争を止めない。それ以前に、個人と個人とが闘争を止めない。この個人間の闘争はいまや家族内レヴェルにまで浸透してきた。つまり、些細なきっかけで起こる夫婦の殺しあい、親による子殺し、子による親殺しだ。その先は自分による自分殺し、自殺しかない。

もちろん、自殺の歴史は古い。けれども、自殺が今日のように日常茶飯化した時代はかつて無かった。マルテの言いように準《なら》って言うなら、自殺の大量生産化である。ここでいう自殺は字義どおりの自殺にとどまらない。いまや、人間は生きながら自殺を繰り返している。私たちが生きていると思い込んでいる現在の世界は、他殺と自殺とを繰り返している死者たち、いや、死者たちでも生者たちでもない実体のない者たちの飽和状態ぎりぎりの奇怪な世界なのである。

マルテが、つまりはリルケがいま生きていて、この現実を見、描いたら、どんな『マルテの手記』が誕生するだろうか。その問いの回答ともいうべき詩集が出現した。現代中国の詩人、駱英氏の『小さなウサギ』が、それだ。全十篇の散文詩型（詩人自身は中国詩の伝統に添って漢賦と呼んでいる）の作品から成るこの詩集が「死者に」と名付けられた一篇から始まるのは自然だろう。この一篇を詩人は「夜更け、殊に明け方に感じる静寂は、死への衝動や恐れを不意に思い起こさせる」と始める。「死は、敬意を受けねばならない」とも言う。まるで二十世紀初頭のマルテが、百年後にふたたび現われて、語っているようではないか。しかし、その文体は百年前のリルケの端正な文体とはおよそ異なる。

詩人はこの後、二十一世紀の人類の死の状況を尋ねて、遍歴の旅に出る。その旅で詩人が出会ったのは？　あらかじめ解読の愉しみを奪いたくないから、各自読んでいただくことにして、ここでは詩集の題名にもなっている九篇目の「小さなウサギ」を見ることにしよう。この一篇を詩人は、

　ウサギの身分によって、都市の高層ビルの企業で育てられるのは、幸運である。
と言うのは、雌ウサギの役でからかわれたあと交換されても良いし、雄ウサギの
感覚で発情してから皆に見られても良いからだ。もちろん、性別のない中性として
好きに用いられるのも構わない。

と始める。また、こうも言う。

ウサギの主要な任務或いは価値は、速やかなる繁殖にある。ゆえに、出来るだけ多くの交配を行わなければ、交換を確実に実施したことにはならない。

ウサギと生まれた以上は、ウサギの歩むべき道を歩むしかない。

ウサギ、この多産をもって知られる哺乳類は何の比喩か。おそらくは資本主義社会（現在の中国が社会主義体制を取りつつの事実上の資本主義社会であることは、言うを俟つまい）における貨幣、そして貨幣と化した人間の比喩ではあるまいか。とすれば、国家はいまや巨大な企業にすぎない。だからまた、以下のようにも言及される。

ウサギの自棄或いは逸脱は、企業の社会現象に帰せられる。解決の方法は、さらに多くのウサギに自棄或いは逸脱させ、自ずからバランスの取れるような現代化した制度を作ることである。

「小さなウサギ」の末尾で語られるのは、自棄或いは逸脱の極端な例だろう。

しかしながら、大小、長幼、男女の区別のつかない、擬似ウサギ的ウサギが一羽死んだ。高層ビルのてっぺんから自ら飛び降りたのだ。

この疑似ウサギ的ウサギとは詩人の内面的自画像だろうか。その自画像はそのまま、つづく十番目にして最終の一篇「オタマジャクシ論」に引き取られる。

最初に一つ断っておかねばならない。私は言葉の人、或いは言葉にされる人であるが、集団的意味からは、オタマジャクシと同列に論じられるよりほかにないということである。どこもかしこも都市と高層ビルだらけになり、もはや月と星のある池で生み育て変身することが、私にはできなくなったからである。

むろん、事情は詩人にとどまるものではない。詩人は尖鋭的に敏感な人間にすぎない。ここで語られているのは人類の置かれた現状にほかならない。その事実を語る詩人の激越な文体を何といえばよかろうか。わずかに近いものがあるとしたら、十九世紀末のパリの生活者だったステファヌ・マラルメの散文詩集『綺語詩篇』とりわけ「未来の現象」か「見世物中断」のそれ。絵ならばヒエロニムス・ボス。むしろはるかに溯って『ヨハネの黙示録』を挙げるべきかもしれない。ただし両者の異なる点は、『ヨハネの黙示録』が未来の幻視なのに対して、『小さなウサギ』は現在の現視だということ。現在すでに私たちは黙示録的終末にある。詩人はそのことを現在形でなまなましく私たちに示しているのだ。黙示録的終末の現前をなまなましく示すこの詩人は何処にいるのか。彼は人類社会の発展と同時に消滅への時間をも推し進めざるをえない経済活動の先端という場にいて、その場とはおよそ対蹠的な傷つき易い感受性をもって誰よりも切実にこの現実を生きている。

松浦恆雄訳は、駱英原詩の混沌たる志をよく日本語脈に移し得た労作。日本語詩の明日に大きな富を齎す、と信じたい。

訳者後記

松浦恆雄

駱英は、近年、急速に中国詩歌界の注目を集めるようになった詩人である。二〇〇五年に彼の詩をめぐるシンポジウムが北京で開催され、その成果が書物にまとめられている。また、日中両国の詩人の交流にも極めて積極的で、二〇〇七年には、第二回日中現代詩シンポジウムに参加するため来日している。このように、日中の詩歌界における彼の存在感は、次第に大きくなりつつあるのだが、一般読者には、まだまだなじみの薄い詩人だと思われる。そこで、まず彼の簡単な紹介から始めたい。

駱英、本名は、黄怒波。一九五六年、甘粛省蘭州の軍人の家庭に生まれた。二歳のとき、父の属する部隊と共に辺境支援のため寧夏回族自治区の銀川に移る。ほどなく「反右派闘争」が始まり、彼の父は剛直な性格が災いして「現行反革命分子」に仕立てられ、自殺に追い込まれる。四人の子供を残された母も、彼が十三歳のときガス中毒で他界する。

厳しい家庭環境で育った彼は、中学卒業後、寧夏の農村に下放して、さらに生活苦を嘗めるが、そのときふと黄河のほとりで「人生は断固とした粘り強さだ」と悟る。もともと彼は、身長一九〇センチ、六尺豊かの大男である。名前も「怒波」と改め、あらゆることに積極的に関わるようになって頭角を現わした。十八歳で中国共産党に入党、一九七七年、文化大革命によって途絶えていた大学入試が復活したその年に、難関を突破して北京大学中文系に入学した。この十一年振りの大学入試が、当時の中国青年の運命をいかにドラスティックに変化させたかは、中国語のホームページ「恢復高考三十年」などに詳しい。黄怒波もそのようにして、大きく人生の舵を切った青年の一人であった。

北京大学卒業後、彼はエリート官僚として中国共産党中央宣伝部で十年働いた後、突如、役人から商人へと転身する。一九九〇年代の改革開放の波に乗り、不動産業で手に入れた資金を基に、一九九五年、北京中坤投資集団を立ち上げ、観光業と都市開発に乗り出す。一九九七年には、当時まだみすぼらしい僻村に過ぎなかった安徽省の景勝地黄山の麓に位置する宏村の文化資源に着目し、五百万元から六百万元もの大金を投資して開発を進めた。これがのちに明清時代の古民家を多く残す「安徽古民家村落」としてユネスコ世界遺産に登録されることになる。その翌年には早くも、村の入場料だけで四百万元を越える一大観光地に成長させた。

この後も彼は、高級住宅街からショッピングモールに至るまで、様々な都市開発を手掛け、独特の文化的嗅覚を活かしたプランニングにより、文化的、経済的付加価値を求める社会のニーズに応えてきた。*1

このように、企業家として申し分ない成功を収めた黄怒波には、実は、もう一つの顔があった。それが、詩人駱英である。彼は、すでに五冊の詩集を持っている。『もう私を愛さないで』（一九九二年）、『憂鬱を拒絶する』（一九九五年）、『落英集』（二〇〇三年）、『都市流浪集』（二〇〇五年）、そして本書『小さなウサギ』（二〇〇六年）である。

田原氏の指摘するように、彼は年齢的には文革後のポスト朦朧詩の世代に属するが、*2そうした詩潮とは直接関係を結ばないまま、突然、詩壇に躍り出てきた。そんな彼の名前を詩壇に知らしめたのが、四冊目の詩集『都市流浪集』である。中国の代表的な詩誌『詩刊』に、彼の詩が初めて登場するのも、この前後であり（二〇〇四年十月号上半月刊）、冒頭に紹介した彼の詩をめぐるシンポジウムも、この詩集を対象として開かれたものであった。

シンポジウムの論集（『流浪と帰郷』）を読むと、詩人駱英と企業家黄怒波とが同一人物であることに驚きを示す論者がいる一方、そうしたことには一切顧慮しないと述べる論者もいる。いずれにしろ、この二つの身分を別々に考えようとする姿勢に変わりはない。もちろん、日本にも、セゾングループ代表堤清二と詩人辻井喬という二足草鞋の例はあるものの、確かに、詩人と企業家は相容れないという印象を抱きがちである。

しかし、筆者はむしろ、詩人駱英と企業家黄怒波とを一体化させて考えるべきではないかと思う。それは、あたかも詩人駱英が、企業家黄怒波に寄生し、そこから養分を吸収し詩を生みだしているかのような印象を持つからである。つまり、企業家黄怒波の経済活動を原初的体験として、詩人駱英の詩的想像が醞釀され、『都市流浪集』における「私」と都会との関係に映し出されているように見えるのである。とすれば、『都市流浪集』には、次のような光景が展開することになる。

「私」は、虫となって「都会の黄昏を這いまわ」（「私は戻って来た虫」）ったり、「下水道の傍を這って」（「都市流浪之歌二」）生きている。当然、「都会が私を飼育している」（「私は戻って来た虫」）のであり、「都会の子羊のように私は毎日放牧に出される」（「都市流浪之歌20」）。都会は一方的に「私を流浪させ」「私を害し」「私を去勢する」（「都市流浪之歌24」）。

そこで「私」は「私こそ一冊の経済学批判の書である」（「経済学批判」）と名乗りをあげ、都会の野放図な拡張を支える制度を訴える。「私は知っている／繁栄の歳月がそんなに潔白なわけがない」、「私は知っている／平等な豊かさなぞまやかしだ」（「経済学批判」）。「私」は直訴の手紙を何通も書く。「この高層ビルの粗暴さには対抗する人が必要だ／この通りの横暴さには闘う人が必要だ／この愛人のペテンには注意を促す人が必要だ／この肉欲の放縦には胸糞悪くなる人が必要だ／この都会の無情さには呪う人が必要だ」（「八通目の手紙」）。

しかし、結局、「私」は都会の中で孤立しながらも、都会に頼って生きてゆくしかない。そこで「私」は「すでに傷つけられた人を傷つけざるを得ず／すでに呪詛された人を呪詛せざるを得ない」（「やむを得ず」）矛盾を心中に抱え込むしかない。「この都会が私を臭くするのなら／私は／腐りながら生きる」（「腐りながら生きる」）だけである。

このように『都市流浪集』に見える「流浪」というのは、「どうしようもない抗いにすぎない」（「生存」）。そのため、彼の「流浪」は、しばしば感傷的になる。しかし、「私」は自己の無力さを知り、自己が都会に生かされていることを承知しているがゆえに、自己批評としての都会に対する批判は、恐らく「私」にとって、自己の存在証明にも匹敵する。「私」は、繰り返し都会を批判せざるを得ず、口調も近親憎悪的激しさが加わらざるを得ない。例えば、「楽隊」という詩は、こう記される。

都会の／野良猫が／夜中に／安売りされ／街灯に逆らって／発情している／ドラムが／淫乱に／打ち鳴ら／される／良からぬ思いを抱いた／娼婦のようだ／都会の／理性に／さかりがついたようだ／都会の／世紀的／売春のようだ

ここに見える都会に対する露骨な性的比喩が、『小さなウサギ』では、さらに執拗に繰り返されていることに、読者は容易に気づかれるであろう。

しかし、駱英の『都市流浪集』には、以上のような悪循環を断ち切るような、さらに興味深い詩句がある。それは、彼の自己批評の言葉が自己解体に向かっているように見えることである。文芸評論家として著名な唐暁渡が、駱英の「印象」や「私の私に対する印象」といった組詩に注目するのも同様の理由による。彼は、次のように述べている。[*3]

（それらの詩では）駱英の得意とする歌唱性は徹底的に転覆させられ、リズムも強制的に極端なまでに切り詰められている。通常の詩行はもはや存在せず、切り離された言葉の最小単位としての文字や語彙、せいぜい短めの語くらいが羅列されるだけである。

その一例として「私の私に対する印象　その九」を見てみよう。

橋／に幾／度と／なく／跨が／れた／水が／丹薬／を煉るよう／に私を煉る／かくの如く／に過ぎぬ／平淡さが／かき回す／顔は／馬面で／魚／の糞／にまみれ／水底／から／仰ぎ見る／と沈んだ木／のよう／にうら暗く／重たい／落石／にあっという間／にぶつかった／私／と／私は／喫水線が／次々／と形を変えるか／のよう

だ

ここに描かれている「私」は、感傷性が微塵もなく、丹薬のように煉られては落石に砕かれる、融合と解体を繰り返す「私」である。その「私」がバラバラの言葉に解体されることにより、手垢のついた主体性など剝ぎ取られ、未知の生を待ち受けているように感じられる。このようなモチーフは、『都市流浪集』の中に、繰り返し現れる。「私」は、様々に切断されたり、踏みにじられたり、解剖されたりする。そして「鉄の／ように／熔かされたあと／好きに／道端に／積み上げられ」（「URL」）たり、「ブリキの花／が折り取られ／また／ハンダ付けされる」（「玄関ブザー」）。

駱英の「流浪」は、「どうしようもない抗いにすぎない」（「生存」）だけではなく、こうした見知らぬもう一人の自己に、「落石／にあっという間／にぶつか」るかの如く、ばったり出くわすような「流浪」として理解することができるのである。

駱英の最新作である『小さなウサギ』は、彼がこのような地点から出発して、人間の生存の行き着く先を都市文化の行き着く先に見出し、都市文化の行き着く先を都市に生きる人間の性と死の行き着く先に見出そうとした詩篇である。『小さなウサギ』

の「私」には、もはや『都市流浪集』の「私」のような感傷的無力感はない。「私」の冷徹な批評性は、「小さなウサギ」という形象の創造に如実に現れているように思われる。『小さなウサギ』については、本書「後記」に作者自身の言及もあり、筆者がこれ以上解説めいた言葉を費やすことは控える。なお、詩集の原題『小兎子』は「子ウサギ」の意であるが、意味の広がりを考え『小さなウサギ』と訳した。また、中国語で「兎子」（ウサギ）と言えば、「おかま野郎」という意の罵語にもなる。

最後に、駱英が「後記」の末尾に「『小さなウサギ』は、形式面からは、漢賦に呼応して、詩の民族性を突出させようとしたものである」と記していることの意味を些か記しておきたい。『小さなウサギ』がご覧の通り散文詩という外来の形式を採るにもかかわらず、如何にして「詩の民族性」に関わるのかを訝しく感じる読者もおられると思うからである。

駱英のいう「漢賦」とは、漢代に発達した賦という文体を指す。漢賦を代表する文学者である司馬相如（前一七九—一一七）の「子虚の賦」を見てみよう。「子虚の賦」は、全二七二句のうち、四字句がほぼ半数を占めるが、それ以外の句は一字句から十四字句まで様々な字数で構成されている。また、押韻する句としない句が混在し、しかもその押韻方法も一様ではない。このように、賦という文体は、韻文と散文を共存させる特別な文体となっている。[*4]恐らく駱英は、ここに中国散文詩（詩と散文の共存）の歴史的根拠を求めると同時に、主に外来の形式による現代口語詩（散文詩を含む）に新たな民族形式としての価値を賦与することによって、散文詩という形式に二重の民族性を見出そうとしているのだと思われる。[*5]

注

＊1　主に楽琰「黄怒波：笑看風雲淡」（『名人伝記』二〇〇七年第十期）に基づく。

＊2　田原「詩人駱英」（『都市流浪集』思潮社、二〇〇七年）。

＊3　唐暁渡「不再互相尋找、而是彼此発見――読駱英《都市流浪集》」（『流浪与還郷』作家出版社、二〇〇七年、所収）。訳出にあたっては、竹内新訳「もはや探し合うことはなく、互いに見つけ合うのだ」（『都市流浪集』思潮社、二〇〇七年、所収）を参照した。

＊4　小尾郊一「辞賦」（中国文化叢書4『文学概論』大修館書店、一九六七年）参照。

＊5　郭紹虞「賦在中国文学史上的位置」（『小説月報』第十七巻号外、一九二七年）は、時代の変遷につれて変化を遂げてきた賦という文体が、現代において白話賦を創出する可能性を提示し、現代の散文詩の一部がそれに当たるのではないかと論じる。恐らく、賦と散文詩の類似性に言及した最初の論であろう。

小《ちい》さなウサギ

著者
駱英《ルオイン》
訳者
松浦恆雄《まつうらつねお》
発行者
小田久郎
発行所
株式会社 思潮社
〒一六二―〇八四二　東京都新宿区市谷砂土原町三―十五
電話〇三（三二六七）八一五三（営業）・八一四一（編集）
ＦＡＸ〇三（三二六七）八一四二
印刷所
創栄図書印刷
製本所
小高製本工業
発行日
二〇一〇年三月一日

小兔子

骆英 著

思潮社

目　录

小兎子

致死亡者

2006年6月5日05:10，洛杉矶瑞茨宾馆301房

在午夜，特别是凌晨时分感觉寂静，就是突然想到死亡的那种刺激与恐惧。

作为词语，死亡的意义既古老又神秘，以至忍不住要发问：死亡，是不是人类或者说宇宙最值得尊重的词汇?

杀死一个生命，往往短暂和偶然得只是一个“刹那”；但也有一种死，需要枯坟的骨或是挫骨扬灰的过程。

因此死亡必须受到敬仰，然后才能和死亡者一起被消灭：

被一个车轮消灭，被一种语言消灭，被一颗子弹消灭，被一个强权消灭，被一个基因消灭，被一个旱季消灭，被一个国家消灭，当然啦，还会被一枚金币消灭。

不死亡者都是旁观者，主要是预习自己未来旦夕间的死亡，就像树，互相观望着死，然后，一齐死去，犹如相互约定而又守诺如金的集体无意识的死。

死亡者最大的财富应该是无法得知死亡的时刻，以及那一时刻的快感或痛苦，就像1982年的“拉菲”，观赏的满足

大于品尝的愿望。

在英格兰酒吧里彻夜酗酒，是对死亡者最卑鄙的蔑视。至少，在饮酒前应该向死亡者脱帽行礼。

穿着艳丽的衣裳在长街行走，一定要记住为死亡者侧目让道，以便让死亡一词的结构不必被再次解构。

在肉欲的狂欢后最好肃立片刻，重新温习一遍关于死亡的记忆或者痛苦，好让死亡者知道，我们，其实并不是一群乱伦的犯人。

被谋杀的语言，我们都在不知所措地使用着，并且继续参与着谋杀的过程，并且企图通过语言的谋杀来合理合法地谋杀他人。

小狗和鸽子的死亡，开始引起我们的惊讶与同情，其实，这是我们旁观后的非正常情绪。

如果一次大规模的死亡开始按顺序进行，我们应该尽快先屠杀所有的语句，再尽可能地储存好杜蕾斯牌的避孕工具。

必须对形形色色假构的语言进行毫不留情的种族清洗，因为它们极为恶劣地忽视死亡者的年序，更主要地，因此成为谋杀者的麻醉剂。

回避死亡者的音容是一种世世代代的可耻，你会因此无

法辨认死亡者的最后去向和踪影，而这才是谋杀者真正的目的。

用一个死亡者去屠宰另一个死亡者也是不能原谅的，就如同用一种语言去覆盖另一种语言，是一种触犯天条的暴行！

死亡者可以是一棵胡杨，死而复死地在塔克拉玛干沙漠中倔强；也可以是一条曾经的河，死后在地图上变成一条直线。

但也可以是一只老死的泥蛙，并不幸灾乐祸地诅咒与绝唱。

建筑，是死亡者的盒子，或者说，是被死亡者设计建造、供死亡和死亡者享受的通用平台。

想一想吧，设计并建造一种死亡是何等的神圣和高尚。

有的人只是死亡者，有的人是死亡者的死亡者，有的人是死亡者的死亡者的死亡者。

最好的死亡者，是那种不必疯狂而直接死亡的死亡者，或者反过来，是那种死后也仍然疯狂的死亡者。

当然了，也包括那些贪欲了死亡者的死亡者。

作为死亡者的旁观者的死亡者，自然会先把死亡的语序

一刀杀死，然后，分成“天堂”和“地狱”两类语词继续死亡的注解。

最可怕的是旁观者突然删除所有关于死亡的正面词汇，这将使死亡者的灵魂变得无助而无奈，于是死亡就失去了让人仰慕的尊严与光芒。

多么卑鄙无耻的旁观者！

清晨，来不及拉开的窗帘裂开一条缝，像一种宽容，让阳光以旁观者或谋杀者的身份来到我的床上，然后开始它神圣的谋杀——

或死亡。

两棵树

2006年6月6日03:16，洛杉矶瑞茨宾馆

两棵树紧紧纠缠的根部，是不是像狂热的恋人或同性恋人一刻不停地交尾？

叶子彼此骚动着互相击落，而生存者将独享阳光。

乌鸦应该看出了它们的痛苦，它们在森林巨大无形的压迫下无助的痛苦。当然了，并非是因为它们不够高大粗壮，所以无法逃离远去。

那么就痛苦吧，就让根更紧地纠缠在一起以便相互依存吧。

再努力缠住其他一对对相互依存的根，这样，就组成了地下地上两片森林。

反抗是毫无意义的，就像在墙角偷溺的狗一样，你无法让整个城市臊透。

而一旦忍不住透过缝隙去张望森林的深处，一棵树就已经丧失了枯萎的勇气。

在这种情形下，我们肯定需要痛苦，以观察一对对树的

骚动过程，当然了，只要可能，就尽量忽略其中的痛苦成份。

我们是不是像无法掌握母语的文化弃儿，在一个个月夜用意念自慰，而之后的空虚让我们更难以入睡？

乘一辆电车驶往终点，然后，换乘另一辆电车开始返程，就像落入一种设计精巧的现代化语境，你无力去逃离重复的困境。

小母狗在流浪，无所谓安全和贞节；

小麻雀在觅食，无所谓尊严和清高；

一棵紫藤呢，在使劲延伸蔓条，要缠上任意一堵墙或是随便哪棵树，而不会在乎墙或树的痛苦。

午夜的最后一盏灯，灯下的最后一个妓女，在共同等待最后一个男人。一旦抓住，便紧紧拥吻，而不会在乎他是不是已经纵欲过度甚至阳痿。

在这种情境下，痛苦是一种显而易见的情绪和场景，就像森林在地下悄悄地交配，更准确地说，是群交以至乱伦。这样，就可以避免在阳光下交战而同归于尽。

交换快乐的同时也交换了痛苦，以至于在烈焰降临时，也一定要把对方点燃，不允许任何一棵树独存。

树叶会燃烧着飞翔，在落地之前消失，就像一个人被迫

在众人面前裸舞，来不及痛苦就已癫狂。

由此，彼此纠缠也可以理解成另一种根深蒂固，因为它们全都恐惧彼此失去，恐惧孤独。

想想吧：交欢者是树，谋杀者也是树；新生者是树，枯萎者也是树；承受者是树，压迫者也是树；高贵者是树，低贱者也是树；坚韧者是树，易折者也是树，等等，等等。

那又何必要痛苦呢？甚至可以推断，痛苦仅仅是一种存在的自我验证：感受到痛苦的同时也享受到了存在的快感。

为树的痛苦而感动，意味着终于接受了在一种语境的压迫下生存。

因此，如果有一个人——不一定是恋人，更不一定是同性恋人——走过来握住你的手，像蜜蜂环绕你的眼神，跳出求爱的线路，那么你一定要明白：

他，真的很痛苦。

论恐惧

2006 年 6 月 10 日，CA984 航班 4A 座

我害怕，最后一缕阳光像蛇一样无声无色消失时，我，又得孤单地思想。

一种恐惧的欲望升起来，如流浪的野狗不可遏止地想当街交配。

去找到一个什么人，还是去躲避一个什么人，只是想说明：并不是所有的人都像野狗一样——

我恐惧，在二十一世纪的某个黄昏。想疯狂嚎叫，却跌进了无垠的寂静。这寂静如同从海底向上浮起，无比柔软而又无比锐利。

也许，这是一种死与生的双向映证？

当然了，我看见山一座座在死亡，河一条条在死亡，城一片片在死亡。

还有我的樱桃在一粒粒死亡，就像人的死亡，被依序或者无序地一个个敲落在地上。

而恐惧就在其中蔓延流淌。

当一个盲者平静地敲打大地时，我是应该变得更加坚定，还是更加荒唐？

最好能有一个亲密的人，或一个心爱的人，端来一杯致命的猩红，以哲学的方式发问：是否需要一个堕落的世纪堕落，需要一个肉欲的尘世肉欲？

我的爱人，来谋杀我时不必恐惧，因为我仅仅是一种菌类，并且是经常被狗尿浸泡的那种——

仅仅因为恐惧臊臭，于是每一个角落都被狗尿浇透，而人们也乐于互致狗尿的问候，并彼此倾诉，说恐惧的真正含义是：我有可能杀害。

那么来吧，我的爱人！来杀害我的城市，我的乡村，我的婴儿，我的诗歌，我的过去，最终杀害我自身！

在一个过于繁荣的世纪，杀害也有繁荣的变种，以至一只鸟的坠落，就足以杀害整整一个种群。

以至深夜将尽时，一个人因为恐惧而打开了恐惧之门，就再也不知道怎样把它关闭。

那么，就让我们共同来恐惧，共同完成杀害和被杀害的过程。

哪怕仅仅是利用一种思想去杀害另一种思想，利用一个

爱人去杀害另一个爱人，利用一种语言去杀害另一种语言，利用一种恐惧去杀害另一种恐惧！

——这才是恐惧最底层的缘由。

也许，那些鸟无所谓恐惧，因为它们能够约定在某个季节某个时辰一起出生，就像菜市场的烂萝卜，一箩筐一箩筐地突然冲破云层。

更了不起的是，它们还会约定一种大面积的集体死亡，镇定得足以让一切恐惧都恐惧得手足无措。

至于蚯蚓，它们早就学会了十分缓慢地蠕动，在地表与深土之间的那个阶层求生。

它们的恐惧很难研究，主要是生存的成本过于低廉，不足以引入恐惧的基因。

以语言杀害一首诗不足以引起恐惧，但是，以母语的名义去杀害一群诗或整群诗时，就足以触发大面积的恐惧，并引发新的杀害者的杀害冲动。

开始是因为恐惧而杀害，后来是因为杀害而恐惧。

被杀害在一个城市，与被杀害在另一个城市相比，并不具有更多的恐惧成份。

如果想证明一种杀害比另一种杀害更不公正，就必须去

研究一种恐惧比另一种恐惧更令人恐惧的原因。

如果一种艺术必须通过杀害而得以延存，就无需费心去探讨杀害和恐惧是怎样互为作用的过程。

一个哥们在灯下长夜独醉，可以被认为是恐惧与杀害的一个基本表征；

一个诗人像螳螂一样与语言交配，然后又被语言侵害，同样可以被认为是恐惧与杀害的一个基本表征；

一个法官像种羊一样任意意淫，并且不在乎方式与过程，更可以被认为是恐惧与杀害的一个基本表征。

我被意淫，因而被杀害，被恐惧，于是，我理所当然地应该变成一条双头的响尾蛇：

杀害与被杀害，恐惧与被恐惧，存在与被存在，虚无与被虚无，肉欲与被肉欲，伪善与被伪善——

嚎叫与被嚎叫。

痛　苦

2006年6月13日04:28，家中

无法考证：一片落叶慢慢腐臭的过程，有多少痛苦的成份？

夸大的议论：一个种群的延续被突然中止后，痛苦的基因很可能会被仔细地猎杀，并消灭得干干净净。

再往下追问：在一个突然繁荣和光明的时代，会不会发生一种痛苦变异的可能？用害怕痛苦的程度来衡量一个人与另一个人的高贵程度，是不是一个以医学的名义压制痛苦的可怕阴谋？

一个种族对另一个种族的彻底清洗，应该被看成是清洗者的痛苦游戏。

一种语言对另一种语言的完整解构，应该被看成是解构者的痛苦试验。

一种痛苦与另一种痛苦的清晰对比，应该被看成是痛苦者的痛苦证明。

但是必须注意，痛苦的物化现象或过程，从根本上说，

其实是一个跨世纪的阴谋现象或过程；用痛苦的程度来区分一个人的存在程度，可能会导致某种跨世纪的集体淫乱。

再往深了说：掩盖或敌视痛苦，是一个社会正在进行集体屠杀的罪证。

一片落叶的消亡过程，可能是一棵树早已预谋的自我离异，但也可能是一种暗中的迎合——假如除了迎合之外，它无法证明自己存在过。

一个人痛苦的发生过程，可能隐藏着一个族群早早开始堕落肆意放纵贪婪的秘密，但也可能是因为物欲的过早兑现，而以哲学名义实施的对一种集体狂躁症的仰慕。

一具身体的碎裂，会引起对痛苦的一致尊重与怜悯；但当一个种群的精神集体沉沦时，痛苦就绝对有必要重新理解和定义。

那么，会为谁而痛苦呢？

为一个人的无意识死去？

为一个城市繁华得世俗无比？

为一种集体漠视、沉沦的阴谋或是失误？

为一句三种语言串种而又以舶来方式表达的诗？

为一个假装富有实则纵情声色的时代？

算了吧！

我终于明白为什么我们都需要一座城市了。那是因为我们的肉体需要被放置在一个满是物体的大盒子里相互滋养，同时引诱盒子外的肉体蜂拥而入。

这样，吞食与被吞食、杂交和被杂交的行为就能不出预料地发生，以证明进化论的英明。

我并不承认的上帝是否设计过这样一种伦理：痛苦的就让他痛苦，因为无法交配且精神分裂正是他的劫数，是他只能不断跌进去的轮回。

而肉欲的就让他去肉欲，因为他和这种以繁荣的名义进行的世纪狂欢正相匹配，继续肉欲和被肉欲乃是他的事业。

其实，只需要哪怕是很少很少的痛苦，更准确地说，很少很少的精神之痛，我们以及我们的我们就可以略显高贵，至少不会像蛆一群群在腐肉中蠕动，以盛宴的方式令人恶心。

一只不知名的鸟飞过来又飞过去。

想象着鸟的痛苦，能感觉到一种深层的无名压力：对痛苦的观察与把握，是对繁荣本身同样令人痛苦的精神解构。

然而，当语言或者诗歌已经被解构得说不出痛苦时，很可能，所有的痛苦，无论在哲学还是肉欲的层次上都已经失

语。

也就是说，是语言者、诗歌者以极端恶毒的方式击杀了语言或诗歌，从而使一个繁荣的种群丧失了表达痛苦的能力。

多么巧妙的阴谋啊！可我为什么仍然感到痛苦？

思想者

2006年8月2日，昆仑饭店咖啡厅

观察一只花蝶在街巷中求偶的路径，如同观察一种瀑布般悬挂于眼前的意念。

路灯，通常会保持住一个坚硬的态势不变，白炽的光线往往被墙曲解，像那些习惯于阳萎者的论断，也像思想者被猜中的麻烦。

为一种安然而绕行的语言，已经被熟练地解释为重构的冲动。一张床的呻吟就足以被扩想成宇宙的淫乱，如同一个人的死，就足以标志一个族群的堕落。

一类文明杀害了另一类文明的同时，一座城市也会毒死另一座城市。当然了，必须是以思想的名义实施。

在思想门前守夜的人，其实大多是思想的乱伦者、酗酒者、自虐者、偷窥者，等等；

而门后的逃亡者本质上也是城市的废物，如我们一样被高楼一遍遍屙出来，坚硬而恶臭，胜过狗屎。

往往在田原被仔细描绘之后，一场假设的思想盛宴，就

会被命名为裸体的集体狂欢。

对正装者的恶毒与低俗应该有足够的估计，其威力足以将思想者的欲念击杀一千遍，以便使冠以现代名义的荒淫保持其完整性。

换句话说，以荒淫的形式继续荒淫。

一个人简单的存在方式其实更为荒淫，恰如被空降在一条城市的胡同，必须一直把荒淫进行得彻底透明。

在这一层次用思想的名义发言，必然充满虚伪，以至让人恶心；而完成虚伪化的过程，意味着有预谋、有层次的集体沉沦。

我们兴高采烈地啃食着自己的腿和生殖器，然后又为之疗伤滋养，一心指望生出新的腿，新的生殖器。

城市的主要目的，似乎就是要提供一个场所或者容器，以供我们进行集体的自慰和自言自语。

思想者是其最尖刻的基因，他们有福了。

一种美妙的沉沦在于拒绝承担任何责任，以至可以因此怀疑所有思想和思想者的眼神。

对思想的过分贪婪会造成对语言或文字的厌恶与恐惧，就像一个经典女人的淫荡，可能会引起所有女人的集体模仿，

而令我们黯然神伤。

倘若思想者沦落成了杂种，可能会以城市街头贼的形象，呈几何级数地生长。

也可以如粪坑里的蛆，明明是集体的蠕动，却自以为在兴风作浪。

杀死一个这样的思想者，其难度相当于杀死一堵墙。墙只庇护，不思想。

这样的思想者被墙庇护，就像嫖客的浪笑被妓女的胸罩紧紧裹藏。

被思想者在意念上被奸污是不可避免的，因为他看不见思想者。

思想者躲在墙后，被无数堵高墙所构成的楼群庇护，就像不再打洞的城市耗子，被又骚又臭的下水道迷宫庇护。

但是，还是应该认真思考击杀或肢解思想者的必要性，研究怎样通过击杀或肢解思想者来复原所有语言的原始与纯真，以便有朝一日能干脆利落地摧毁他们赖以存身的那座坚城。

也就是说，要中止一种正在发生的文明，创造另一种新的文明，或让所有文明的相互平等。

那么，请对思想的贼或语言的流氓保持高度警惕，请时刻持以一种准备击杀的姿势，并用雪擦亮你的眼睛。

性的考证

2006年8月31日2:00，洛杉矶

我考证一座高楼与另一座高楼交配的过程，以证明更多的楼诞生，是因为楼与楼的乱伦。

我或者我们，统统都被视为楼们的私生子或杂种，于是就索性野合在楼的门洞或过道里，不分男女，不分老少，不分死活，并且，还要以爱情和自由的名义。

我是否会自愿变成一根木头，然后被雕刻成一根阴茎，坚挺在随便什么人的灯下，以起到装饰性或暗示性的作用？没准，还能准确预测种种性爱情形的发生。

性欲的城市应该被用作21世纪的象征。

主要是通过射精的方式，一个城市使另一个城市屈就或者毁灭；或者换一种说法，不断以36亿个精子围攻一个卵子，以收获和培养更多的城市野种，直到山枯水尽。

诗的堕落以语句被随意拆卸和组装为最低尺度，情爱的堕落以交配或淫欲被冠以高贵之名为终结标准。正
如最高的楼总是被用以炫耀一个城市的雄性特征或者说发情

的巅峰，一次以高贵的名义完成的交配或淫欲，实际上降低了所有交配或淫欲的水平。

一个城市的发生，肯定是第一片瓦的骚情所致；那么，一个拥有最多和最高楼群的城市，其奸淫的冲动，是否就是它开始征服过程的致命肇因？

在城市的名义下，一切淫乱都不仅可以得到纵容和掩护，而且可以被文化得天衣无缝，以至于你真的会认为，一次鸭绒被下的匆匆苟合，较之小巷发廊里一次点射式的交欢，更能体现鱼水之情。

一座城市的高楼耸立得没心没肺，是借了发达和富足的名义；对高楼的渴望和仰慕，实际上是想借渴望和仰慕之名，完成某种占有和被占有的行为。

说得更彻底些，是试图在权力和财富的旗帜下，达成强行占有或甘愿被占有的淫荡和乱伦。

以一个城市为交配的对象，等于以一个阶层或种群的哀伤为交配的对象。

远远地眺望城市，会令人意乱神迷，感到一种阳具泛滥的恐慌。你会情不自禁地想尽快地脱光自己，被淫乱或者去淫乱。

这其实是一种心灵放弃抵抗，或无法抵抗的征象。

高楼的可恶之处在于毫不掩饰自己的欲望，在于对可能造成的伤害无知无畏；更值得诅咒的是以现代化或现代文明的旗帜，召集起形形色色的淫荡之徒，以天使般的高贵姿态，蔑视和占有一切弱者，仿佛他们只不过是一些地狱的使者。

那些在街头巷尾或立交桥下野合偷欢且忍气吞声的必然低贱，那些置身酒店顶层且在高潮时刻纵情叫床的必然高贵——同是淫乱，却也被区别得如此分明，以至不可能出现反叛的可能。

这是否就是一个城市的基本功能和存在的原因？

城市像一张肮脏的床单包容着我们，保证我们可以彼此淫乱得很近，而且不必有所羞愧。那种假反叛之名施行的勾当形如自弃，骨子里是一种更无可救药的淫荡。

以哲学之名淫荡。以诗歌之名淫荡。以文明之名淫荡。以疯癫之名淫荡。以高贵之名淫荡。以低贱之名淫荡……

淫荡。

淫荡。

淫荡淫荡淫荡。

以至于太阳再高悬，再清朗，也挡不住这样的想象：这

疲惫的城市，是一个淫荡自如的怪物，是几千年阳具崇拜的顶点，是文明与野蛮的通奸，是天堂和地狱的杂种，是淫乱者和被淫乱者的心理归宿。

是性的考证。

蟑螂说

2006年9月1日04:11，洛杉矶

一群蟑螂，其自虐的路径和方式极为诡秘和卑贱，令人想到一种亘远的心灵堕落，一种擅长阴狠和虚伪的集体意识形态。

高楼的缝隙，砖墙的缝隙，地板的缝隙，灶台的缝隙——所有的缝隙，都是一种有预谋的设计，以便于蟑螂作为文明的密探捕捉任何叛逆的可能。

那么，在蟑螂的集团监视下，心灵的堕落会怎样进行呢？

可能会像一只草狗，蜷伏在母主人的乳前，以色情的温馨提升某种激情，然后，随时准备在街边树下完成一次劈腿。

可能会如一只乌鸦，盘旋在高楼的顶端，不动声色地考量芸芸众生，并随时准备俯冲而下，一举夺得某人遗弃的果皮。

也可能会像一个诗人，怀揣着一堆语词，以任意的方式组合自身，不断敲榨早已空空如也的情感仓库，逼它交出原

生态积累的畅销品。

当然了，最可能的，会突变成一个中性，以便完成自我的交配和孕育的过程。

至此，心灵堕落的计划尽善尽美，足以凸显出蟑螂作为另一物种的沟通和创造功能。

对于插在城市里的座座高楼，蟑螂的作用在于以其肮脏无比的方式帮助它们生存，与月光、雨色、秋风统统扯不上什么影响，甚至与语言的解构或再解构也毫无关系。

在蟑螂面前，我及我们甘愿自暴自弃。步骤如下：

第一， 无视蟑螂的丑陋并学会与其和平共处；

第二， 在略高的高度仰视它们，以感谢它们帮助城市及高楼的生存；

第三， 彻底放弃一切有关卑鄙和低下的知识，带着快感给自己留下随遇而安的余地，以便随时变得比卑鄙更卑鄙，比低下更低。

最重要的是，在无法杀死除我及我们以外的所有同性以便顺利占有和玩弄全部的异性或被全部的异性占有或玩弄的前提下，我及我们必须立地变成中性。

这样就能安全地方便地及时地自慰，并以超级生物的方

式达成从肉体到精神的双重欢愉。

蟑螂会怎样回报我们？

我敢肯定它们会掉头扬长而去，以表明某种不屑或者嗤之以鼻。

而它们也确实有理由瞧不起我们，除非我们知道一只公蟑螂是怎样为获得一次泄欲的交配而战斗，是如何构想并完成在一套三居室单元的范围内干掉所有的同性，胜利占有和玩弄所有的异性并自愿被所有的异性占有和玩弄。

除非我及我们能够了解我及我们之外的我及我们，能够破解关于杀死我及我们之外的所有同性、占有和玩弄所有的异性或被所有的异性占有和玩弄的幻象。

我及我们之所以赶不上蟑螂，是因为我及我们只是共同下沉，下沉到由城市和高楼标志的最底层，在我及我们之外的我及我们触及不了的心灵范围内，完成我及我们的生存。

我及我们实际上组成了城市的炼狱之界。炼狱的目的是上升，升至蟑螂们不可企及的至高境界，以便再一次沉沦。

而蟑螂是来自地狱的物种。行为表明，它及它们的追求更深更彻底，以至于无影无踪，以至于压根儿不可能看得上我及我们，更不会成为我及我们。

我及我们永远不能获得它及它们的角度和视野，充其量只能暗自庆幸，庆幸它及它们的宽容。

进一步的反思表明：我及我们之驻足于地狱的上层，目的是为我及我们构筑另一个地狱，以使我及我们能顺利地堕落，但又不至于落得更深。

在这个意义上，可以把我及我们称为某种来自地狱的使者，当然也可以说是地狱中的天使。

而研究蟑螂的目的在于：意识到它及它们和我及我们有可能成为城市和高楼中的最后的物种。

无论低下、卑鄙和厚颜无耻到什么程度，它及它们、我及我们都必须与城市和高楼共存，并且把城市和高楼的每一个角落都变成屠场，毫不留情地残害它及它们、我及我们之外的任何物种。

它及它们以蟑螂的形式达成物种的堕落和延伸。我及我们以哲学、诗歌的方式装饰物种的堕落和延伸。

但也不排除共存最终成为共谋，那样可以共享的完美就不再是一种虚构，而我及我们自发的残忍本性也将被塞进缝隙，不再卑鄙下流。

最后的人

2006年9月2日06:14，洛杉矶

我知道，那只在最高的楼顶上盘踞的乌鸦会杀死所有的人。

而且，会以宠物的身份圈养一个最后的人。

那么，建议它首先击杀所有的诗人，以避免那种猫叫春式的矫情和失宠的痛苦弄臊集体狂欢的心情。

再击杀所有的哲学家和旁征博引的人，以避免以现代或文明的名义为贪欲论证，以换取自由交配和占有的身份。

还需要击杀一切卖淫者，首先是思想的卖淫者，以便为新世纪新的卖淫方式开辟道路，腾空市场，并为一切强权者、卑鄙者或偷盗者的通奸行为提供方便。

当然，我，不能也不会被杀死，因为我是那只乌鸦的共谋。

我不能也不会被杀死，因为我，正是那最后的人。

作为最后的人，我早已被仔细地解构，并且被修改得毫无破绽：

首先，我必然是最后一个诗人，因此可以无耻，可以与任何主人或者敌人共存，换句话说，也可以与这只令人胆战并且敬畏的乌鸦共存。

其次，我也因此顺便成了最后一个哲学家，最后一个旁征博引的人。这样，我就可以不再顾虑任何可能的反驳，随心所欲地把贪欲和贪婪、仇视和陷害、控制和惩罚论证成文明或者现代文明的合理存在，也就是说，承认这只乌鸦天地大屠杀的合理性与合法性。

至于最后一个卖淫者或买淫者，其实我早已成为这样的人：从肉体的意义，淫乱得干净彻底；从思想的意义，淫乱得毫无顾忌！

——现在终于可以直说出来：我，其实早就渴望或者早已就是一个强权者、卑鄙者、偷盗者。我对淫乱和通奸的行为、方式及滋味熟悉无比。

作为一个最后的人，我将以下列方式生存：

成为这只令人敬畏的乌鸦的通奸和被通奸对象，以便尽情纵欲而不会遭遇任何有价值的反抗；

然后，作为一群老鼠的宠物或者妃子，在泄欲和被泄欲之后向乌鸦通报有关情报；

或者像狗和猫一样，在空旷的城市广场和高楼间随意便溺，不再担忧被罚款和被收容。当然了，城管的大门上必须定点浇灌，每天早、中、晚各一次，风雨无阻。

一定要在网络上写满"混蛋"或者"王八蛋"，因为我无需再担心更无耻的回击与警察的出现。还要在被杀死的美女灵前赤裸狂舞，以彰显生者即强者的理念。

也就是说，一个最后的人，有权对丛林法则或者新丛林法则做出最后的判断。

在一种更肮脏的境地生存，不一定会减弱前一种较肮脏的境地留下的恐惧。

因此，我，一个最后的人，不必再以蛆或蝇的方式，重新论证最后的人之生存的可能。

勿庸怀疑，我，一个最后的人，将像小妾一样，被猫啊狗啊老鼠啊苍蝇啊宠爱万分；但我最看重的，还是那只乌鸦的垂青。

不仅因为它将与城市和高楼同在，更因为我们早已私下成交：它才是我的新主人。

它将主持必要的交欢和杀戮，并与城市和高楼一起，延伸为另一种文明的象征。

可以说城市和高楼不灭，它也将不灭。它们会因为我，一个最后的人，而得以彼此印证。

而我作为一个最后的人，也将以人的智慧，或者说是阴谋能力，而获得尊敬。

因为，我，一个最后的人，完全清楚怎样在城市和高楼中纵欲的途径。

小兔子

2006年9月2日07:31，洛杉矶

以兔子的身份被某个城市某座高楼里的某个公司收养，是幸运的。

因为，可以以母兔子的角色调情然后被交换，也可以以公兔子的感觉发情然后被观看。当然，也可以因无性别的中庸被随意取用。

被某个公司与某个公司进行等价交换被称为“双赢”，但事实上无所谓赢不赢。

兔子的主要任务或价值在于快速繁殖，所以，尽可能多地交配才能把交换落到实处。

生而为兔，只能走兔子该走的路。

首先，必须被一个城市圈养，以便在一个大家都是兔子的环境中，进入快速交配和繁殖的循环圈；

其次，必须被一座高楼收容，以便被管理或进行团体认同；

再者，必须被一个公司拥有，以便进行价值计算并纳入

现金流程。

控制兔子的理论是必备的。例如：涉及到剩余价值时必须考虑到兔子的繁殖速度与交配环境。

兔子的乱伦无关紧要，因为，在交易的意义上，这有利于降低成本。

公司的奇妙在于：能容纳所有愿意或者不愿意的兔子，以总重量或者总数量来体现公司的繁殖规模。

兔子的自弃或者说越轨被归于一种的公司政治现象。解决的方式是让更多的兔子自弃或越轨，形成一种自我平衡的现代化制度。

兔子的贡献之一是可以生产大量的粪便。这是好事，可用来培植青草，再作为兔子的回报分配。

小兔子会这样说：我愿意被城市圈养并且听话——不仅因为温驯是兔子的第一美德，还因为被圈养可以提供确切的安全保障。

大兔子会这样说：我愿意被高楼收容并成为哑巴，因为我历经流浪之苦，深知沉默是金，安分守己是在这里呆下去的首要条件。

老兔子会这样说：我愿意被公司控制并勤奋交配，因为

锅里有，碗里才会有——公司的命运就是我的命运，公司的法则就是我的法则。

但也有一些兔子会制造小小的麻烦，因为它们想变成人，进而成为高管和老板。

结果是这样的：

小兔子被无情地轮奸；

大兔子被剁去了生殖器官；

老兔子的两只耳朵被齐根剪断；

另一只中性的兔子，被惩罚在公众面前自慰，以男性或女性，或不男不女的姿态一遍又一遍表演。

城市以漫天的焰火宣讲繁荣；高楼以立体的灯海表明气势；公司以飙升的红利突显发展；兔子呢，在不停的交配中享受快感。

然而，却有一只分不清大小、老幼、公母，疑似兔子的兔子死了，是自愿跳下了高楼的顶端！

蝌蚪论

2006 年 9 月 4 日 22:22，洛杉矶机场

首先必须申明：虽然我是一个词语的人，或者是一个被词语的人，但在集体的意义上，不得不与蝌蚪相提并论。

由于遍地的城市和高楼，我早已不能在有星星和月亮的池塘中孕育和变身。

一整群一整群的青蛙哀鸣着发情，胡乱地通奸与射精，再一整群一整群死得干干净净，像被廉价批发而又被市场拒绝的赝品。

于是，我和词语的我们做出了集体的谋划与决定：

鉴于城市体现的现代性和物质文明，我及词语的我们甘愿象性奴一样生存，也就是说，集体性地被奸淫之后再集体性地相互奸淫。

这里的“词语”没有物质性。它是精神的、思想的，当然，也包括灵魂的深层。

而我及词语的我们和他及词语的他们无涉。我及词语的我们不关心他及词语的他们沉沦或被沉沦的水平。

我及词语的我们自愿与一个时代结盟，以推理并证明奸淫的再奸淫、被奸淫的再被奸淫的合理性，描述和赞美整个时代的合法性，欢呼一个前所未有的现代化文明取代并排斥其他的文明，欢呼它卷起的贪婪与肉欲的风暴，在风暴中颤抖的所有场景。

我及词语的我们因此享有时代的专利，有权作为纵欲者和攫取者在词语的顶端完成现代意义的乱伦：

集体的肉欲化；

集体的经济化；

集体的大众化；

集体的重迭化；

集体的失语化；

集体的奴性化；

集体的自虐化；

集体的中性化；

等等。

最后，是集体的蝌蚪化。

“集体”和“蝌蚪”，多么美妙的对称！

我及词语的我们高度评价这种对称，因为它会不断唤起

并强调作为超级集体记忆的生存和服从。

其实，我及词语的我们从一开始就属于蝌蚪种群，被城市和高楼养育，以便作为现代化的内奸论证贫穷的可能。

作为词语的施虐和受虐者，我及词语的我们遵循一种蝌蚪式的逻辑。比如先杀死或肢解一种思想，再一拥而上，密集轰炸般地分析案情。

而结论全都一样，即，所有的尸臭与现代文明绝对无关，现代的死亡怎么都行。

由蝌蚪逻辑可以引伸出蝌蚪铁律：掌握词语最多的人拥有初夜权和无限交配的正当性。

我及词语的我们之间当然不缺少默契，否则怎么保证乱伦的必要和平等？怎么作为蝌蚪一族演变和延伸？怎么集体把持词语的解构权和屏蔽权，推广和弘扬丛林法则的不朽之光？怎么制造出更多的他及词语的他们作为词语的弱者或杂种，以凸显我及词语的我们的高贵性和合理性？

放弃对一个世纪的抵抗和质疑是一个智者的选择，用伪证的方式表明现代化进程之不可逆者将名垂青史。

必须成为蝌蚪或词语的我及我们，才能享用时代的盛宴而不必背负贪婪的恶名。

说什么小蝌蚪找妈妈，在城市之光和高楼灯火的照耀下哪有这等心情！必要时，我和词语的我们甚至不吝成为偷情的狗，把肮脏的呻吟掩藏在冷漠的背后。

既然蝌蚪从不曾梦想脱离过池塘，我及词语的我们也就有保卫城市和高楼的理由。

后　记

我，确定是一个城市的弃儿。

之所以自称为弃儿，是因为我从内心无法完全融入现代城市的物质化之中。

现代文明或者说现代化制度，使人类社会获得并享受着前所未有的财富。以法律的名义构建的社会秩序越来越精细，国家与国家、民族与民族、城市与城市、人与人，从来没有彼此关联得如此紧密。有理由为这样的社会进步而欢呼；但是，作为一个既得利益者，一个充分的物质享受者，一个处于悠闲状态的诗人，一个不断拓展想象空间的知识分子，我或者说我们不能放弃一种质疑和批判的态度。只有明天更美好才有希望，所以，必须为了明天发问和批判今天；只有所有的人都开怀才是幸福的，所以，哪怕只剩下了一个乞丐，我们也必须批判和发问。

在全球化的语境下，如何持有一种终极关怀的情操是一个挑战。当一种文明去消灭另一种文明时，我们就必须批判这种文明。不在其少的人对我为什么会写《都市流浪集》感

到奇怪，可以想见，《小兔子》会让他们更觉奇怪；但对我来说，这种奇怪本身就很奇怪，因为作为一个诗人，一个知识分子，我无非是基于起码的独立人格，表达了我或许有点独特，或许不那么独特的感受、经验、想象和思考，履行了自己的本份而已。说这是我写诗的初衷有点夸张，但它肯定是《小兔子》的灵魂。

作为《都市流浪集》的延伸，《小兔子》更致力于集中表现这样一种意绪，即在耀眼的繁荣和财富背后，我们已不再意识到思想的痛苦，不再对死亡保有发自内心的尊重，不再因为麻木和漠然感到恐惧。也就是说，所谓的思想者已经被肉欲化了。我视野中的大多数诗人、哲学家等等，都在急急地忙于赶赴各式各样的财富盛宴，忙于寻找自己的座位，然后再以空洞的思想者身份试图分得一杯羹。对财富的崇拜致使了对城市的膜拜。每个城市都像一个野蛮的“金刚”，发挥着极大的体能，高举着大楼，往更富有、更雄性、更城市化迈进。这是 21 世纪生气勃勃的象征；然而，换一个角度俯首去看，也可以说人类相互残害的手段更加完善，人类的贫富差距更加深阔。天堂更高了，地狱更深了，以至一种以公司形态存在的社会结构，可以极为廉价地收购和豢养被称为

"生产力"的人们，而作为人本身的崇高意义几乎再没有人来探讨。一种末世心态让人们为财富而疯狂，随之而来的是对贫穷的冷漠和歧视，似乎每一个人都想做末世降临时那个"最后的人"。可悲的是，知识分子们不分国界、不分种族、不分先后地变性，像一群群蝌蚪集体无意识地沿着早已被词语规定和驯服的路径附庸风雅、苟且偷生。

在形式上，《小兔子》试图呼应汉赋而突显诗的民族性。在我看来，所谓诗的民族性不仅仅是语言技巧的翻新，也不仅仅是外部形式特征的把玩，而应该是一个民族在某一时代真实的生存状态、精神风貌和表达方式的综合反映。

骆英

2006年9月13日

*

现在时的启示录

高桥睦郎

田原　译

正好在一百年前的 20 世纪初，漂泊在巴黎街头的莱纳·玛利亚·里尔克，以“虽然，人们来到这里是为了活着，我倒宁愿认为，他们来到这里是为了死。我已经去过了外面，而且我看到了不少医院。”这样的句子，开始了他的小说《马尔特手记》。

关于这个医院，里尔克这样写道：“这所壮观的市立医院的创建历史悠久，甚至在克洛维国王的统治时期就已经有不少人死在这里的许多病床上。现在人们在 559 张病床上死去，当然就变成了大量生产的死亡。在如此巨大的生产量中，不见得每一个死亡都是细致的，但也不会被当成一回事。量导致疏忽。（中略）希望拥有一个属于自己的死的人越来越变得罕见。而且很快将会变得像拥有属于自己的生的人一样罕见。”（生野幸吉 译，以下的引用均出自他的翻译）

“再过些时候”到底是多少时间？难道是指从克洛维一世（466～511）到《马尔特手记》起稿的 1904 年之间的一千四百

年吗？就说一百年吧，但是，这一百年中人类的状况发生了翻天覆地的变化。其间，尽管在世界各地发生了旷古未有的大规模的战争和大量的屠杀，地球上的人口还是增长了四倍以上。

如果人口一味地这样增长（在此不是假定，因为自从有人类以来，人口确实只是一味增长），据说到公元 4000 年，地球上人类的总重量将会超过地球的总重量。这是一个可怕的数字。当然，到那个时候人类也不会以目前这种状态在地球上生存。那么要移居到别的星体吗？可是，能够移居到别的星体的人也就几十万上下，而且一旦移居后根本没有可能再返回地球。就是说人类正走向不远将来的灭亡是不得不承认的事实。

公元 4000 年或者 3000 年的人类社会同样充满困难。甚至公元 2100 年也不见得日子就会好过。可是，即使在走投无路的状况下，国与国、民族与民族、宗教与宗教之间的战争也不会间断。在此之前，人与人之间的争斗也不会停止。这种个人间的争斗已经渗透到一般家庭。即因为一些琐碎的小事就会发生夫妇间的相互残杀。父母弑子，子弑父母。接下来就是自己残杀自己，迫不得已的自杀。

当然，自杀的历史是悠久的。尽管如此，远在那个时代，今天家常便饭式的自杀并不存在。就像马尔特所说的那样，自杀已经到了量产阶段。这里的自杀并不仅仅停留在字义的层面上。现在，人类一面活着一面重复性地自杀。我们认定自己活着的这个现实世界，是一个充斥着重演着他杀和自杀的死者，不对，既不是死者也不是生者，而是没有实体之物且达到了最大限度的饱和状态的古怪世界。

马尔特，即使里尔克活在今日，看看今日的现实世界，会描写出什么内容的《马尔特手记》呢？回答这种提问的诗集出现了，这就是中国现代诗人骆英的诗集《小兔子》。该集由十篇散文诗文体构成（在形式上，诗人称该集文体试图呼应汉赋而突显中国诗歌传统的民族性），以《致死亡者》开篇亦显得非常自然。诗人以“在午夜，特别是凌晨时分感觉寂静，就是突然想到死亡的那种刺激与恐惧”这样的句子展开了诗篇。他还说：“死亡必须受到敬仰。”简直就是 20 世纪初叶的马尔特在百年后重新出现所诉说的一样。可是，这个文体与百年前里尔克端正的文体大为不同。

之后，诗人为了寻查二十一世纪人类死亡的状况，周游四方。在旅行中诗人遇到的是……。为了不事先剥夺您阅读

的愉快，请大家各自打开这本诗集吧。在此，我把与书名相同的《小兔子》的第九章摘录如下：

“以兔子的身份被某个城市某座高楼里的某个公司收养，是幸运的。

因为，可以以母兔子的角色调情然后被交换，也可以以公兔子的感觉发情然后被观看。当然，也可以因无性别的中庸被随意取用。”

接着，诗人又写道：

“兔子的主要任务或价值在于快速繁殖，所以，尽可能多地交配才能把交换落实到实处。

生而为兔，只能走兔子该走的路。”

兔子，这个因多产为世人所知的哺乳动物在此是什么样一种比喻呢？不外乎是资本主义（现在的中国尽管实行的是社会主义制度，但事实上她是资本主义国家）的货币、而且是把这种货币化作人类的比喻。如果这样理解，国家不外就

是大企业。正因此，诗人又这样描述道：

“兔子的自弃或者说越轨被归于一种公司的政治现象。解决的方式是让更多的兔子自弃或越轨。形成一种自我平衡的现代化制度。”

诗人在《小兔子》的结尾所叙述的是自弃和越轨的极端之例吧。

“然而，却有一只分不清大小、老幼、公母，疑似兔子的兔子死了，是自愿跳下了高楼的顶端！”

这只疑似小兔子的小兔子也许是诗人内心的自画像。这张自画像一直延续到第十章的最后一篇《蝌蚪论》，现引用如下：

“首先必须声明：虽然我是一个词语的人，或者是一个被词语的人，但在集体的意义上，不得不与蝌蚪相提并论。

由于遍地的城市和高楼，我早已不能在有星星和月亮的

池塘中孕育和变身。”

诚然，情形不会停留在诗人身上。诗人只不过是尖锐和敏感的人而已。在此叙述的除了人类所处的现状别无他物。叙述这种事实的诗人该如何为这一激情饱满的文体定义呢？跟它稍微相似的是，让我想起十九世纪末在巴黎生活的斯特凡·马拉美的散文诗集《绮语诗篇》中的《未来现象》和《中断献丑》等篇章。以绘画来类比的话，应该跟拥有独特艺术语言的荷兰画家希罗尼穆斯·博斯的画风较为接近。再追溯上古，《约翰启示录》说不定也是必须要列举出的一本书。可是，《小兔子》与《约翰启示录》不同的是：前者是把现在作为叙述的视点，后者叙述的是对未来的幻想。其实，现在我们已经处在启示录所描述的尽头。诗人以现在时活生生地把它展示出来。把启示录的末世论活生生展现在我们眼前的这位诗人在哪儿呢？他身处在不得不推动人类社会发展和同时走向灭亡时间的经济活动之最前线。他拥有与这个现场极度相对的、容易受到伤害的感受性。他比谁都切实地生活在这种现实之中。

松浦恒雄的译文把骆英原诗中混沌的追求成功地置换到

日语之中，在感谢他付出辛劳的同时，我相信这本诗集会为明天的日语诗歌带来财富。

《小兔子》译后记

松浦恆雄

田原　译

骆英是近年中国诗歌界备受瞩目的诗人。二〇〇五年召开了围绕他诗歌的专题讨论会，讨论会的成果也已结集成书。同时，他还积极参与策划中日两国诗人的交流活动，二〇〇七年，他为参加第二届日中现代专题研讨会来到日本。虽然他在中日两国诗歌界的存在感日益增强，但同时也是不为一般读者所熟悉的诗人。在此，我想首先对他做一番简单的介绍。

骆英，原名黄怒波。一九五六年出生于甘肃省兰州一个军人家庭。两岁时随父亲所属的边境支援部队一同迁至宁夏（回族自治区）银川。不久“反右派斗争”运动开始了，父亲因个性刚直而被判为“现行反革命分子”，最终被逼上自杀之路。带着四个孩子的母亲，也在骆英十三岁时因煤气中毒离开这个世界。

在严格的家教中成长的他中学毕业后，下放到宁夏农村更尝尽了生活的艰辛。那个时候，他在黄河畔领悟了“人生

要坚韧执著”。

他原本就有一九〇公分的身高，是个足有六尺高的大汉子。他把名字改为“怒波”，并积极参与各种事情而渐露头角。十八岁时加入中国共产党，他参加了因文化大革命而被废除后于一九七七年被恢复的大学考试，并成功考取了北京大学中文系。这个废除了十一年后被恢复的大学考试，究竟使当时的中国青年的命运起了何等激烈的变化，中文网页“恢复高考三十年”内有详细记载。黄怒波也因为这样，成为当时人生起了巨大改变的青年中的一个。

北京大学毕业后，作为一名杰出官僚的他在中国共产党中央宣传部工作了十年后突然弃官从商。他顺应着一九九〇年改革开放的浪潮，于一九九五年以从不动产业中获取的资金创立了北京中坤投资集团，开拓了观光旅游与都市开发业。一九九七年，他着眼位于安徽省名胜黄山山麓、当时仍是僻壤的宏村的文化资源，并以五百万元至六百万元的巨额资金投资和开发该地。这就是后来被联合国教科文组织认定的世界文化遗产、保留着许多明清时代的古老民居的“安徽古村落”。翌年，宏村很快变成单是门票的销售额就超过了四百万元的一大观光胜地。

之后，他着手于从高级住宅区到购物商场等各种都市项目的开发，并借助他独特的文化嗅觉做出许多方案，满足社会对文化经济的附加价值的需求（注一）。

以企业家身份取得了巨大成功的黄怒波，其实还有另一张面孔，那就是诗人骆英。他已经出版了五本诗集。《不要再爱我》（一九九二年）、《拒绝忧郁》（一九九五年）、《落英集》（二〇〇三年）、《都市流浪集》（二〇〇五年）、还有这本《小兔子》（二〇〇六年）。

正如田原先生所指出的那样，就年龄而言，骆英应该归属于文革后的后朦胧诗一代的诗人（注二），与新诗潮并没有直接关系的同时，却突然跃居诗坛。他的第四本诗集《都市流浪集》让诗坛开始留意他的名字。他的诗歌出现在中国具有代表性的诗歌杂志《诗刊》上也是这前后的事（二〇〇四年十月号上半月刊）。在这篇文章的开篇中提及的诗歌专题研讨会，也是以此诗集为讨论对象而召开的。

在专题研讨会的论集（《流浪与还乡》）里，有因获知诗人骆英与企业家黄怒波乃同一人物而惊叹的论者；也有对此事毫不在乎的论者。无论如何，将此二者的身份分开讨论的姿态是不变的。在日本也一样，即使我们有西武集团的代表堤

清二与诗人辻井乔这样身怀双重身份的例子，但我们确实抱有诗人与企业家互不相容的印象。

可是，相反的，笔者认为把诗人骆英与企业家黄怒波一体化、相提并论是必要的。因为，诗人骆英就像是寄生于黄怒波，从那儿吸收养分从而创作出诗歌。就是说企业家黄怒波的经济活动的原初体验让诗人骆英的诗性想象力成形，这也在《都市流浪集》中的“我”与城市的关系中反映出来。就是这样，《都市流浪集》展开了以下的光景。

“我”，变成虫子，“爬行在城市的黄昏”（《我是归来的虫》），“匍行在下水道旁”（《都市流浪之歌二》）。当然，“城市豢养了我”（《我是归来的虫》），“像都市的羔羊我被一天天放牧”（《都市流浪之歌二十》）。城市单方面的“流浪着我”、“毒害着我”、“阉割着我”（《都市流浪之歌二十四》）。

于是，“我”以“我就是一本经济学批判”（《经济学批判》）为名，控诉支持城市盲目的扩张开发制度。“我知道/繁荣的岁月其实并不清白/”、“我知道/平等的富有其实并不可信”（《经济学批判》）。“我”写了许多封直接上诉的信件。“这高楼的粗野要有人对抗/这街巷的蛮横要有人斗争/这爱人的欺诈要有人提醒/这肉欲的纵容要有人恶心/这城市的无情要有人

诅咒”（《第八封信》）。

可是，最终，“我”在城市忍受孤独的同时，又不得不依赖城市生存下去。于是，“我”在心中抱着“不得不伤害已经被伤害的人/不得不诅咒已经被诅咒的人”（《不得不》）的矛盾，也只能够“既然/这城市腥臭了我/我/就腐烂着生存”（《腐烂着生存》）。

在《都市流浪集》中所见的“流浪”，“只是一种无奈的抗争”（《生存》）。因此，他的“流浪”频频变得感伤。但是，也正因为，“我”知道自己的无力、知道自己被城市豢养着，那作为自我批判的对城市进行的批判，恐怕对“我”而言，亦说得上是自己的存在证明。“我”不得不重复地批判城市，不得不加上像是“你是我的近亲就该和我抱着同样看法”那样强烈的语气。例如在《乐队》一诗中诗人这样写道：

“像都市的／野猫／在夜晚／被／贱卖／逆着灯／发情／开始的／撕心裂肺／架子鼓／被／淫浪地／敲响／像／不怀好意的／妓女／城市里／理性的／叫春／像／城市里／世纪的／卖淫”

这儿所见的露骨的性的比喻，相信读者不难发现它在《小兔子》中更执拗地被重复。

可是，在骆英的《都市流浪集》中，有着切断了以上那样的恶性循环的、且更具有意味深长的诗句。他的自我批判的话语似乎正朝向自我解体。著名文艺批评家唐晓渡着眼于骆英的《印象》与组诗《我对我的印象》也正是这个原因，他这样写道：(注三)。

“(在那些诗歌作品中)骆英所擅长的歌唱性被彻底颠覆，节奏也变得极为短促而具有强制性。通常的诗行不复存在，只留下一连串被切割成最小单位的字、词，充其量有几个短语。”

作为例子，让我们看看《我对我的印象 九》这首诗：

“被／桥／一／遍／遍／跨越／水／像／丹炉／炼我／不过如此／的／平淡／搅动的／脸／很长／沾满了／鱼／的／粪便／从／水底／仰望／的／像／沉木／半是昏暗／半是沉重／被／落石／刹那间／击中／我／与／我／就像／水线

／一圈圈／变形”

这里所描述的“我”的感伤已不复见，而是像仙丹妙药一样被炼制、被落石打碎，重复着融合与解体的“我”。感觉上那个“我”被支离破碎的言语解体后，被手上的油泥沾污的主体性等等被剥掉，等待着未知的生一样。这样的中心思想在《都市流浪集》中重复地出现。“我”被各种各样地切断、被践踏、被剖解。然后，“像／铁／被溶化过／随意／堆砌在／街旁”（《网址》）。“像／铁皮花／折断／又被／焊上”（《门铃》）。

骆英的“流浪”并非只是关于“无奈的抗争”（「生存」），亦可以被理解为如“落石／刹那间／击中”一样，突然与另一个陌生的自己相遇般的“流浪”。

骆英的《小兔子》正从这样的地点出发。《小兔子》是从城市文化所抵达的目的地中发现了人类生存的最终目的地；从城市人的性与死所抵达的目的地中发现都市文化目的地。《小兔子》的“我”，已不再像《都市流浪集》的“我”一样感伤无力。笔者觉得“我”的冷静和透彻带着批判性，透过“小兔子”的形象创造如实地展现出来。关于《小兔子》，

笔者认为再也没有必要耗费任何解说的话语了。再者，笔者欲在此提出“小兔子”（原文“兔子”）亦可作带有“同性爱家伙”意思的咒骂话语。

最后，骆英在本书的“后记”结尾写下：“在形式上，《小兔子》试图呼应汉赋而突显诗的民族性”一句。也许某些读者觉得诧异，《小兔子》既然是采用着外来形式的散文诗，又如何与“诗的民族性”挂钩呢？ 笔者欲就此句的意思做出些许阐述。

骆英所言及的“汉赋”，是汉朝流行的一种被命名为赋的文学体裁。让我们看看著名的汉赋作者文学家司马相如（前一七九～一一七）的《子虚赋》。在《子虚赋》全文二百七十二句当中，四字句几乎占了半数。其他的句子皆由一字至四字所构成。还有，非押韵句也参杂在内，即使押韵，押韵的方法也不一致。这样看来，赋成为了韵文和散文共存的特别文体（注四）。笔者认为，或许骆英在此探求着中国散文诗（诗与散文共存）的历史根据之同时，也于外来形式的现代口语诗（包括散文诗）中承认了崭新的民族形式的价值，并尝试从散文诗的形式中寻找双重的民族性（注五）。

注

(一) 主要根据乐琰「黄怒波：笑看风云淡」(《名人传記》二〇〇七年第十期)

(二) 田原「诗人骆英」(《都市流浪集》思潮社、二〇〇七年)

(三) 唐晓渡《不再互相寻找，而是彼此发现——读骆英〈都市流浪集〉》(《流浪与还乡》作家出版社，二〇〇七年所収)。关于译文，笔者参照了竹内新译的「もはや探し合うことはなく、互いに見つけ合うのだ」(《都市流浪集》思潮社，二〇〇七年所収)

(四) 请参考小尾郊一「辞赋」(中国文化丛书4『文学概论』大修馆书店，一九六七年)

(五) 郭紹虞在《赋在中国文学史上的位置》(《小说月报》第十七卷号外，一九二七年) 中提到，随着时间的迁移而改变的赋的文体，展示了于现代创出白话赋的可能性，而一部分的现代散文诗就是那样的文体。首次提及赋与散文诗的类似性的也许就是郭紹虞的这个论述。

作者、译者简介

骆英（Luo Ying）

1956 年生于中国甘肃兰州，本名：黄怒波。少年时代在银川度过。毕业于北京大学中文系。在中欧国际工商学院取得 EMBA。现在为中坤集团公司董事长。1976 年开始诗歌写作，1992 年处女诗集《不要爱我》出版后，相继出版有诗集《拒绝忧郁》，《落英集》，《都市流浪集》，《小兔子》等。作品被翻译成多国文字，分别在日本，美国，法国等国家出版有不同文字的诗选集。

松浦恆雄

1957 年生于日本大阪，神户大学大学院硕士毕业。现为大阪市立大学文学院教授。与人合著有《中国的宣传艺术》，《文明戏研究的现在》等。先后翻译有台湾诗人痖弦的诗集《深渊》，《台湾现代诗系列之二》，《客家的女性们》等。

略歴

駱英（ルオ・イン）

一九五六年、中国甘粛省蘭州生まれ。本名、黄怒波。幼少期は寧夏回族自治区銀川に育つ。北京大学中文系卒業。中欧国際工商学院ＥＭＢＡ取得。現在、中坤グループ会長を務める。七六年に詩を書き始め、九二年、第一詩集『もう私を愛さないで』刊行。以後、詩集に『憂鬱を拒絶する』、『落英集』、『都市流浪集』、『小さなウサギ』など。邦訳に『都市流浪集』（竹内新編訳、思潮社）。アメリカ、フランスなどでも翻訳が刊行されている。

松浦恆雄（まつうら・つねお）

一九五七年、大阪府生まれ。神戸大学大学院修士課程修了。現在、大阪市立大学大学院文学研究科教授。共著に『中国のプロパガンダ芸術』（岩波書店）、共編書に『中国二〇世紀文学を学ぶ人のために』（世界思想社）、『越境するテクスト』（研文出版）、『文明戯研究の現在』（東方書店）、訳書に『客家の女たち』（監訳、国書刊行会）、『シリーズ台湾現代詩Ⅱ』（共訳、国書刊行会）、瘂弦『深淵』（編訳、思潮社）など。